우리가 정말 알아야 할 우리 고전

삼국사기 열전

'우리가 정말 알아야 할 우리 고전' 기획 위원

고운기 | 한양대학교 국문학과와 연세대학교 대학원을 졸업했다.
　　　　현재 한양대학교 문화콘텐츠학과 교수이다.
김성재 | 숙명여자대학교 국문학과를 졸업하고 같은 대학원을 수료했다.
　　　　고전을 현대어로 옮기는 일에 관심을 갖고 꾸준히 작업하고 있다.
김　영 | 연세대학교 국어국문학과와 같은 대학원을 졸업했다.
　　　　현재 인하대학교 국어교육과 교수이다.
김현양 | 연세대학교 국어국문학과와 같은 대학원을 졸업했다.
　　　　현재 명지대학교 방목기초교육대학 교수이다.

우리가 정말 알아야 할 우리 고전
삼국사기 열전

초판 1쇄 발행 | 2005년 1월 10일
초판 7쇄 발행 | 2015년 8월 5일

글 | 고운기
그림 | 안태성
펴낸이 | 조미현

펴낸곳 | (주)현암사
등록 | 1951년 12월 24일 · 제10-126호
주소 | 121-839 서울 마포구 동교로12안길 35
전화번호 | 365-5051 · 팩스 | 313-2729
전자우편 | editor@hyeonamsa.com
홈페이지 | www.hyeonamsa.com

글 ⓒ 고운기 2005
그림 ⓒ 안태성 2005

*지은이와 협의하여 인지를 생략합니다.
*잘못된 책은 바꾸어 드립니다.

ISBN 978-89-323-1280-4 03810

우리가 정말 알아야 할 우리 고전

삼국사기 열전

글 — 고운기　그림 — 안태성

현암사

우리 고전 읽기의 즐거움

 문학 작품은 사회와 삶과 가치관을 총체적으로 담고 있는 문화의 창고이다. 때로는 이야기로, 때로는 노래로, 혹은 다른 형식으로 갖가지 삶의 모습과 다양한 가치를 전해 주며, 읽는 이에게 기쁨과 위안을 주는 것이 문학의 힘이다.
 고전 문학 작품은 우선 시기적으로 오래된 작품을 말한다. 그러므로 낡은 이야기일 수 있다. 그러나 그 속에 담긴 가치와 의미는 결코 낡은 것이 아니다. 시대가 바뀌고 독자가 달라져도 고전이라는 이름으로 여전히 많은 사람에게 읽히는 작품 속에는 인간 삶의 본질을 꿰뚫는 근본적인 가치가 담겨 있다. 그것은 시대에 따라 퇴색되거나 민족이 다르다고 하여 외면될 수 있는 일시적이고 지역적인 것이 아니다. 시대와 민족의 벽을 넘어 사람이면 누구나 공감할 수 있는 보편적이고 세계적인 것이다. 그렇기 때문에 우리가 톨스토이나 셰익스피어 작품에서 감동을 느끼고, 심청전을 각색한 오페라가 미국 무대에서 갈채를 받을 수도 있다.
 우리 고전은 당연히 우리 민족이 살아온 삶의 궤적을 담고 있다. 그 속에 우리의 지난 역사가 있고 생활이 있고 문화와 가치관이 있다. 타인에게 관대하고 자신에게 엄격한 공동체 의식, 선비 문화 속에 녹아 있던 자연 친화 의식, 강자에게 비굴하지 않고 고난에 굴복하지 않는 당당하고 끈질긴 생명력, 고달픈 삶을 해학으로 풀어내며 서러운 약자에게는 아름다운 결말을 만들어 주는 넉넉함…….

사람과 사람, 사람과 자연의 '어울림'을 중요하게 생각했던 우리의 가치관은 생활 속에 그대로 녹아서 문학 작품에 표현되었다. 우리 고전 문학 작품에는 역사가 기록하지 않은 서민의 일상이 사실적으로 전개되며 우리의 토속 문화와 생활, 언어, 습속이 구체적으로 드러난다. 작품 속 인물들이 사는 방식, 그들이 구사하는 말, 그들의 생활 도구와 의식주 모든 것이 우리의 피 속에 지금도 녹아 흐르고 있음이 분명하지만 우리 의식에서는 이미 잊힌 것들이다.

그것은 분명 우리 것이되 우리에게 낯설다. 고전을 읽음으로써 우리는 일상에서 벗어나 그 낯선 세계를 체험하는 기쁨을 얻게 된다. 몰랐던 것을 새롭게 아는 것이 아니라 잊었던 것을 되찾는 신선함이다. 처음 가는 장소에서 언젠가 본 듯한 느낌을 받을 때의 그 어리둥절한 생소함, 바로 그 신선한 충동을 우리 고전 작품은 우리에게 안겨 준다. 거기에는 일상을 벗어났으되 나의 뿌리를 이탈하지 않았다는 안도감까지 함께 있다. 그것은 남의 나라 고전이 아닌 우리 고전에서만 받을 수 있는 선물이다.

우리 고전을 읽어야 한다는 데는 이미 많은 사람이 공감한다. 고전 읽기를 통해서 내가 한국인임을 자각하고, 한국인이 어떻게 살아 왔으며, 어떻게 살아가야 할지 알게 하는 문화의 힘을 느낄 수 있다.

하지만 고전은 지난 시대의 언어로 쓰인 까닭에 지금 우리가, 우리의 청소년이 읽으려면 지금의 언어로 고쳐 쓰는 작업이 반드시 선행되어야 한다.

우리가 쉽게 접하는 세계의 고전 작품도 그 나라 사람들이 시대마다 새롭게 고쳐 쓰는 작업을 거듭한 결과물이다. 우리는 그런 작업에서 많이 늦은 것이 사실이다. 이제라도 우리 고전을 새롭게 고쳐 쓰는 작업을 할 수 있는 것은 우리의 문화 역량이 여기에 이르렀다는 반증이다.

현재 우리가 겪는 수많은 갈등과 문제를 극복할 해결의 실마리를 고전 속에서 찾을 수 있다고 확신하면서 우리 고전을 지금의 언어로 고쳐 쓰는 작업을 시작한다. 이 작업은 여기에서 멈추지 않고 앞으로도 시대에 맞추어 꾸준히 계속될 것이다. 또 고전을 읽는 데서 끝나지 않을 것이다. 우리 고전은 우리의 독자적 상상력의 원천으로서, 요즘 시대의 화두가 된 '문화 콘텐츠'의 발판이 되어 새로운 형식, 새로운 작품으로 끝없이 재생산되리라고 믿는다.

'우리가 정말 알아야 할 우리 고전'을 기획하면서 우리는 다음과 같은 몇 가지 원칙을 세웠다.

먼저 작품 선정에서 한글·한문 작품을 가리지 않고, 초·중·고 교과서에 수록된 작품을 우선하되 새롭게 발굴한 것, 지금의 우리에게도 의미 있고 재미있는 작품을 포함시키기로 하였다.

그와 함께 각 작품의 전공 학자들이 적극적으로 참여하여 판본 선정과 내용 고증에 최대한 정성을 쏟았다. 아울러 원전의 내용과 언어 감각을 훼손하지 않으면서도 글맛을 살리기 위해 윤문 과정을 여러 차례 거쳤다.

　마지막으로 시각 효과를 높이기 위해 내용에 맞는 그림을 곁들였다. 그림만으로도 전체 작품의 흐름을 알 수 있도록 화가와 필자가 협의하여 그림 내용을 구성했으며, 색다른 그림 구성을 위해 순수 화가와 사진가를 영입하였다.

　경험은 지혜로운 스승이다. 지난 시간 속에는 수많은 경험이 농축된 거대한 지혜의 바다가 출렁이고 있다. 고전은 그 바다에 떠 있는 배라고 할 수 있다.

　자, 이제 고전이라는 배를 타고 시간 여행을 떠나 보자. 우리의 여행은 과거에서 출발하여 앞으로 미래로 쉼 없이 흘러갈 것이며, 더 넓은 세계에서 더 많은 사람을 만나며 끝없이 또 다른 영역을 개척해 갈 것이다.

2004년 1월
기획 위원

글 읽는 순서

우리 고전 읽기의 즐거움 | 사

제1~3권
김유신 | 십오

제4권
을지문덕 | 오십오
거칠부 | 오십구
이사부 | 육십이
김인문 | 육십사
김양 | 육십팔
흑치상지 | 칠십일
장보고 | 칠십삼
사다함 | 칠십팔

제5권
을파소 | 팔십삼
김후직 | 팔십육
녹진 | 팔십팔
밀우와 유유 | 구십일
명림답부 | 구십사
석우로 | 구십육

구

박제상 | 구십구
귀산과 세속오계 | 백사
바보 온달과 평강공주 | 백칠

제6권
강수 | 백십오
최치원 | 백이십
설총 | 백이십육

제7권
해론 | 백삼십삼
소나 | 백삼십오
취도 | 백삼십팔
눌최 | 백사십
김영윤 | 백사십이
관창 | 백사십사
김흠운 | 백사십육
열기 | 백사십구
비녕자 | 백오십일
죽죽 | 백오십사
필부 | 백오십육
계백 | 백오십팔

제8권

상덕 | 백육십삼

실혜의 노래 | 백육십오

물계자 | 백육십칠

백결 선생 | 백육십구

검군 | 백칠십일

김생 | 백칠십삼

솔거 | 백칠십사

효녀 지은 | 백칠십육

설씨와 가실의 사랑 | 백칠십팔

도미의 처 | 백팔십일

제9권

창조리 | 백팔십칠

연개소문 | 백팔십구

제10권

궁예 | 백구십구

견훤 | 이백십

작품 해설 | 시대를 증언하는 사람들의 생애 | 이백이십칠

제1~3권

김유신

김유신

영웅 김유신이 태어나다

김유신金庾信은 경주 사람이다. 그의 12대 할아버지는 수로왕인데, 어떤 사람인지 말하기는 어렵다.

거슬러 올라가면 이렇다. 서기 42년, 수로가 구봉龜峰에 올라 가락駕洛의 아홉 촌을 살펴보고, 마침내 그 땅에 이르러 나라를 열었다. 처음 이름은 가야였으나 나중에 금관국으로 고쳤다. 수로의 자손이 대를 이어 9세손인 구해仇亥에 이르렀다. 곧 유신의 증조부이다.

유신의 할아버지 무력武力은 신라의 신주노 행군총관이 되어, 군대를 이끌고 백제의 왕과 그 장수 네 명을 사로잡고 1만여 명의 목을 벤 바 있다. 아버지 서현舒玄은 관등이 소판蘇判, 관직이 대량주 도독안무 대량주 제군사에 이르렀다.

처음에 서현이 길에서 숙흘종肅訖宗의 딸 만명萬明을 보았다. 마음에 흡족하고 한눈에 끌려 누가 소개해 주는 것도 기다리지 않고 몰래 사귀었다. 서현은 곧 만노군(지금의 진해) 태수가 되어 함께 떠나려 했다. 그러자 숙흘종은 비로소 딸이 서현과 사귄 것을 알고, 화를 내며 딸을 별채에 가두고, 사람을 시켜 지키게 하였다. 그러자 갑자기 별채의 문에 벼락이 떨어졌다. 지키던 이들이 놀라 흩어지자, 만명은 뚫린 구멍으로 빠져나왔다. 곧장 서현과 함께 만노군으로 달아났다.

서현이 경진일庚辰日 밤에 꿈을 꾸었다. 형혹성과 진성 두 별이 자신에게

내려오는 꿈이었다. 만명도 신축일辛丑日 밤에 꿈을 꾸었다. 금빛 갑옷을 입은 어린아이가 구름을 타고 집안에 들어오는 꿈이었다.

이윽고 임신하여 20개월 만에 유신을 낳았다. 이때가 신라 진평왕 12년(595년)이다. 서현이 부인에게 말했다.

"내가 경진일 밤에 길몽을 꾸어 아이를 얻었으니 그것을 가지고 이름을 짓는 게 좋겠소. 그러나 해와 달로 이름을 삼는 게 예법에 어긋나지요. 가만히 보니 경庚 자와 유庾 자는 서로 모양이 비슷하고, 진辰 자와 신信 자는 서로 발음이 가깝소. 더욱이 옛날에 유신*이라는 어진 이가 있었으니, 어찌 이 이름을 쓰지 않는단 말이오."

그래서 결국 이름을 유신이라고 하였다.

화랑이 된 김유신

유신은 열나섯 살에 화랑이 되었다. 많은 사람이 기꺼이 복종하니, 그 무리를 용화향도라고 하였다.

진평왕 21년(611년)에 유신의 나이는 열일곱이었다. 고구려, 백제 그리고 말갈이 자기 나라를 침범하는 것을 보자, 의분에 떨며 적들을 평정하려 홀로 중악산의 굴속으로 들어가 재계*하고, 하늘을 우러러 맹세하였다.

"적국들은 도의를 버리고, 승냥이와 호랑이가 되어 우리나라를 어지럽히니, 평안한 날이 없습니다. 저는 다만 보잘것없는 신하로서 재주와 힘은 떨어지오나, 나라의 환난을 없애려는 뜻은 지니고 있습니다. 하늘은 굽어 살피시어 저를 도와주옵소서."

---

* 유신(庾信) | 512~580년. 중국 남북조시대 때 화려하고 정밀한 문장으로 이름을 날린 문인 관료다.
* 재계(齋戒) | 제(祭)를 지낼 사람이 몸과 마음을 깨끗이 하고 음식과 언행을 삼가며 부정을 멀리하는 일.

나흘이 지났다. 슬며시 한 노인이 거친 베옷을 입고서 나타나 물었다.

"이곳은 독충과 맹수가 들끓어 무서운 곳인데, 어쩌다 소년이 이 외진 곳에 무슨 까닭으로 왔느냐?"

"어르신은 어디서 오셨는지요? 존함을 알려 주실 수는 없겠습니까?"

"나는 정처 없이 인연에 따라 오고 가지. 이름은 난승難勝이라 하고."

유신은 그 말을 듣자 평범하지 않은 사람인줄 알고, 다시 절하며 한 발자국 나아가 아뢰었다.

"저는 신라 사람입니다. 저의 나라의 원수를 보니, 마음이 아프고 머리가 근심으로 가득 차서, 이곳에 와 무슨 계기를 만들어 보리라 바랄 뿐이었습니다. 어르신께서는 저의 정성을 가엾게 여기셔서, 방술(특별한 재주와 기술)을 가르쳐 주소서."

노인은 잠자코 말이 없었다. 유신은 눈물을 흘리며 애써 간청하기를 예닐곱 번이나 하였다. 그제야 노인은 말문을 열었다.

"그대는 아직 어린데도 삼국을 아우를 마음이 있으니 어찌 장하다 하지 않으랴."

이윽고 비법을 주면서 다시 말했다.

"삼가고 함부로 전하지 마라. 만약 의롭지 못한 데 쓴다면 도리어 재앙을 받을 것이다."

노인은 말을 마치자마자 곧 떠나 멀찌감치 사라졌다. 유신이 쫓아가 둘러보았으나 자취는 없고, 오직 산 위에 오색 빛만 밝게 빛났다.

　이듬해 이웃의 적국들이 한층 더 핍박해 오자, 유신의 마음은 나가 싸울 생각에 더욱 굳세어지고 떨 듯하였다. 홀로 보검을 차고 인박산 골짜기에 들어갔다. 향을 사르고 하늘에 아뢰어, 마치 중악산에서 맹세했던 것처럼 빌었다. 셋째날 밤에 허성과 각성*의 별무리가 밝게 아래로 드리워지더니, 보검이 마치 움직이는 것 같았다.

거북과 토끼 이야기

선덕왕 11년(642년), 백제군이 신라의 대량주를 무너뜨렸다. 이때 김춘추金春秋의 딸 고타소랑이 남편 김품석을 따라 죽었다. 한을 품은 춘추는 고구려 군대를 청해 백제에 대한 원한을 갚고자 하니 왕이 허락하였다. 고구려로 출발할 즈음 춘추가 유신에게 말했다.

　"내가 공과 더불어 중신이 되어 있소. 만약 내가 고구려에 들어가서 해를 입는다면 공은 모른 척할 것인가?"

　"공께서 가신 뒤 돌아오시지 않는다면, 제 말발굽이 반드시 고구려와 백제의 궁정을 짓밟을 것입니다. 진정 그렇지 않고서야 앞으로 무슨 낯으로 이 나라 사람들을 보겠습니까?"

　춘추는 감복하고 흡족하여, 유신과 함께 손가락을 깨물어 피를 머금고 맹세하였다.

　"내가 일정을 헤아려 보니 60일이면 돌아올 것이오. 만일 60일을 넘기고도 돌아오지 않는다면 다시 만날 기약이 없겠지요."

* 허성과 각성 | 각각 이십팔수(二十八宿) 가운데 하나이다. 허성(虛星)은 가을에 보이는 별자리, 각성(角星)은 동쪽에 자리 잡은 별자리를 말한다.

그렇게 서로 헤어졌다. 유신은 압량주 군주가 되었는데, 춘추는 아랫사람 둘을 데리고 고구려로 사신 길을 떠났다. 한 마을에 이르렀을 때, 그곳 사람 두사지豆斯支 사간이 푸른 베 300보를 춘추에게 선물했다.

이윽고 고구려의 경계에 들어서자, 고구려왕은 태대대로 개금蓋金을 보내 춘추 일행을 맞이해 접대하게 하고, 연회를 융숭히 베풀었다. 그런데 어떤 이가 고구려왕에게 아뢰었다.

"신라의 사신은 범상한 사람이 아닙니다. 이번에 그가 온 것은 우리의 상황을 살피려 하는 것 같습니다. 왕께서는 그 점을 헤아리셔서 뒤탈이 없도록 하옵소서."

이에 고구려왕은 꾀를 하나 생각해 냈다. 춘추에게 사리에 맞지 않는 질문을 하여 대답하기 난처하게 하는 것이었다. 그것을 빌미로 욕보이게 할 수도 있었다.

"마목현과 죽령은 본디 우리나라 땅이니, 만약 우리에게 돌려주지 않는다면 살아가지 못하리라."

"국가의 땅은 신하가 마음대로 할 수 없는 것입니다. 신은 감히 명령을 받들지 못하겠습니다."

고구려왕은 화를 내며 춘추를 가두었다. 아예 죽이려 하였으나 그렇게는 못하고 그냥 두었다.

춘추는 가지고 온 푸른 베 300보를 고구려왕이 총애하는 신하 선도해先道解에게 남몰래 선물하였다. 선도해는 음식을 마련해 와서 함께 들었다. 술잔이 돌아 한참 분위기가 무르익자 그가 농담조로 말했다.

"일찍이 거북과 토끼의 이야기*를 들어 본 적이 있습니까?

옛날 동해 용왕의 딸이 심장에 병이 들었는데, 의원이 토끼의 간으로 약을 지으면 치료할 수 있다고 했습니다. 그러나 바다 가운데는 토끼가 없으니 어찌할 바를 몰랐지요. 이때 거북이 용왕에게 자신이 구하여 오겠노라 했습니다.

마침내 육지에 올라 토끼를 만나자, 거북은 바다 가운데 섬이 하나 있는데, 맑은 샘과 깨끗한 돌이 있고, 무성한 숲과 맛좋은 과일이 있으며, 추위와 더위가 이르지 못하고, 사나운 매들도 침범하지 못한다, 만약 그곳에 가면 편안하게 살며 근심을 없앨 수 있다고 했습니다. 그래서 거북은 토끼를 태우고 이삼십 리쯤 가다가 고개를 돌려 토끼에게, 지금 용왕의 딸이 병에 걸렸는데, 모름지기 토끼의 간이 약이 된다 하기에 수고롭지만 업고 오는 것일 뿐이라고 말했지요. 그러나 토끼는 이렇게 말했습니다.

'아차차, 나는 신의 후예인지라 오장을 꺼내 씻어 넣을 수 있으니, 지난번 마음에 약간의 번거로움이 있어서 간과 심장을 꺼내 씻어서 잠깐 바위 아래 두었다. 그런데 네 달콤한 말을 듣고 서둘러 오느라 간이 아직 그곳에 있구나. 되돌아가 간을 가져와야겠지. 그렇게 한다면 너는 얻는 바를 구할 수 있겠고, 나는 비록 간이 없어도 살아갈 수 있으니, 어찌 서로 좋은 일이 아니겠는가.'

거북이 그 말을 믿고 되돌아가서 막 해안에 오르자, 토끼는 거북에게서 벗어나 수풀로 들어가더니, 어리석은 놈, 어찌 간 없이 살 수 있겠느냐고 놀렸지요. 이에 거북은 아무 말도 못하고 물러갔다 합니다."

춘추가 그 이야기를 듣고 선도해가 말하는 뜻을 알아차렸다. 곧 고구려왕에게 글을 올렸다.

"마목현과 죽령은 본디 대국의 땅이니, 신이 귀국하면 우리 왕에게 청해 반환하도록 하겠습니다. 제 말을 믿지 못하시겠거든 저 밝은 해를 두고 맹

---

* 거북과 토끼의 이야기 | 이 이야기가 곧 고소설 『토끼전』의 근원설화가 되었다.

세하겠습니다."

고구려왕은 무척 기뻐하였다.

춘추가 고구려에 들어간 지 60일이 지나도 돌아오지 않자, 유신은 나라 안의 용사 3,000명을 가려 뽑아 그들에게 말했다.

"나는 들었노라. 위험을 보면 목숨을 바치고, 나라의 어려움에 닥쳐 자기 몸을 돌보지 않는 것이 열사의 뜻이라고. 대저 한 사람이 죽음을 무릅쓰면 백 명을 당할 수 있고, 백 사람이 죽음을 무릅쓰면 천 명을 당할 수 있으며, 천 사람이 죽음을 무릅쓰면 만 명을 당할 수 있다. 천하에 거리낄 일이 있겠느냐. 지금 이 나라의 어진 재상이 다른 나라에 붙잡혀 있거늘, 어찌 두렵다 하여 어려움을 피하겠는가."

그러자 사람들이 한목소리로 말했다.

"비록 만 번 죽고 한 번 사는 곳으로 간다 한들, 감히 장군의 명령을 따르지 않겠습니까."

마침내 왕에게 청해 떠날 날짜를 정했다.

이때 고구려의 첩자인 승려 덕창德昌이 사람을 시켜 고구려왕에게 이 사실을 알렸다. 고구려왕은 이미 춘추가 맹세하는 말을 들은 바 있고, 더욱이 첩자의 보고까지 받았으므로, 감히 더는 춘추를 묶어 두지 못하고 충분한 예를 베풀어 돌려보냈다.

춘추는 고구려의 국경을 벗어나자 호송하던 이들에게 말했다.

"내가 백제에 분을 풀려 군대를 청하러 왔는데 대왕은 허락하지 않았다. 도리어 땅을 요구했지만, 그것은 신하가 마음대로 할 수 있는 일이 아니다. 지난번 대왕에게 글을 드린 건 죽음을 모면하려 한 일이었을 따름이다."

나를 버리고 나라를 위해

유신은 압량주 군주로 있다가 선덕왕 13년(644년)에 소판이 되었다.

그해 9월, 왕이 유신을 상장군으로 삼자, 유신은 군사를 이끌고 백제의 가혜성, 성열성, 동화성 등 일곱 개 성을 정벌하여 크게 이겼으며, 이때부터 가혜의 나루를 개통하였다.

이듬해 정월에 전쟁터에서 돌아와 아직 왕을 뵙지도 못했는데, 국경을 지키는 관리로부터 '백제의 대군이 쳐들어와 이쪽 매리포성을 공격한다.'는 급보가 들어왔다. 왕이 다시 유신을 상주장군으로 삼아 백제군을 막게 하였다. 그때 유신은 아직 처자식도 만나 보지 못하였다. 그러나 왕명을 받자 곧 말에 올라 백제의 군사를 막으러 갔는데, 머리를 벤 것이 2,000명이었다. 3월에 유신이 돌아와 왕궁에 보고하고 미처 집에 돌아가지도 못했는데, 또다시

백제 군대가 그 국경지대에 출동해 주둔하면서, 바야흐로 이쪽 군대를 치러 온다는 급보가 들어왔다. 왕이 다시 유신에게 말했다.

"수고롭지만 꺼리지 말고 빨리 가서 그들이 이르기 전에 대비하기 바라노라."

유신은 또다시 집에 들르지도 않은 채, 군사를 조련하고 무기를 수선하여 서쪽을 향해 길을 떠났다. 유신의 집안사람들은 모두 문밖에 나와 기다리고 있었다. 그 앞을 지나치면서도 돌아보지 않고 가다가, 오십 걸음쯤 떨어진 곳에서 말을 멈추었다. 유신은 집에서 마시는 물을 가져오라고 하였다.

"우리 집 물은 여전히 옛날 맛 그대로구나."

이에 부하 군사들이 모두 말했다.

"대장군께서 오히려 이러하신대, 우리가 어찌 골육과 이별하는 것을 한스럽게 여기겠는가."

유신이 국경에 이르자 백제 사람들은 이쪽 군사의 방위태세를 보고 감히 좁혀 들어오지 못하고 물러갔다. 대왕이 그 소식을 듣고 매우 기뻐하고, 유신에게 벼슬과 상을 더해 주었다.

백제를 쳐 품석 부부의 유해를 돌려받다

선덕왕 16년(647년) 겨울 10월이었다. 백제군이 무산, 감물, 동잠 세 성을 포위하였다. 왕은 유신을 보내 막게 하였다. 그러나 싸움이 어려워지고 사기가 떨어지자, 유신은 비녕자丕寧子라는 아랫사람을 불러 말했다.

"이제 사태가 위급하다. 그대가 아니면 누가 여러 군사의 마음을 격려할 수 있겠는가."

"어찌 감히 명령을 따르지 않겠습니까."

마침내 비녕자가 적진으로 달려가니, 그의 아들 거진擧眞과 그 집의 종도 따라갔다. 적들의 칼과 창에 맞서서 힘껏 싸우다 모두 죽었는데, 군사들이 멀리서 이 모습을 보고 힘을 내, 앞 다투어 달려 나가 적군을 쳐부쉈다. 3,000여 명의 목을 베었다.

한편 진덕왕 원년(648년)에는 김춘추가 당나라에 들어가 군대를 청하게 되었다. 당 태종이 춘추에게 물었다.

"너희 나라 유신이라는 이의 명성을 들었는데, 어떤 사람이지?"

"유신은 재주나 지혜가 약간 있기는 하옵니다. 그러나 황제의 위엄을 빌리지 않고서야 어찌 이웃 나라로부터 받는 환란을 쉽게 없앨 수 있겠습니까."

"진정 군자의 나라로군."

태종은 조칙詔勅을 내려 원병 파견을 허락하였다. 이에 소정방蘇定方이 20만 명을 거느리고 가서 백제를 정벌하게 되었다.

이때 유신은 압량주 군주로 지내면서 마치 군대의 일에는 아무 관심이 없는 듯, 술을 마시고 풍류를 즐기며 여러 달을 지냈다. 압량주 사람들은 유신을 못난 장수라고 야유하고 헐뜯었다.

"많은 사람이 오랫동안 편안히 지내 힘이 남아돈다. 한번 싸워볼 만한데, 장군이 저토록 게을러 빠졌으니 어찌한단 말인가."

유신이 이 말을 들었다. 그는 백성이 쓸 만하다는 사실을 알고 왕에게 아뢰었다.

"민심을 살펴보니 이제 일을 벌여도 되겠습니다. 백제를 쳐서, 지난번 대량주 전투의 패배를 설욕하겠나이다."

"적은 군사로 대군과 맞붙는 것인데, 위험하지 않겠는가?"

"전쟁의 승부는 군사의 많고 적음에 있지 않습니다. 인심이 어떠한가에 달렸을 뿐이지요. 은殷나라 주*왕은 억조창생億兆蒼生을 가지고서도, 그들의 마음과 덕이 제각각 달랐으므로, 한마음 한뜻으로 뭉친 주周나라의 어진 신하 열 명*만도 못했습니다. 이제 저희는 한마음으로 죽음과 삶을 같이 할 수 있습니다. 백제 따위는 두려워할 바 없지요."

그러자 왕이 허락하였다.

유신은 드디어 압량주의 군사를 뽑아 단련시켜서 적에게로 나아갔다. 대량성 밖에 이르자 백제군이 막아섰다. 신라군은 짐짓 패해 이기지 못하는 것처럼 달아나 옥문곡에 이르렀다. 백제군이 가볍게 보고 대거 병사를 동원해 추격해 오자, 유신은 복병을 내보내 그 앞뒤를 공격해 크게 깨뜨렸다. 백제 장군 여덟 명을 사로잡고, 병졸 1,000여 명을 죽이거나 사로잡았다.

이윽고 사람을 시켜 백제 장군에게 제의하였다.

"우리나라 군주였던 품석品釋과 그 부인 김씨*의 유해가 너희 나라 옥중에 묻혀 있다. 지금 너희 나라 비장 여덟 사람이 나에게 붙잡혀 목숨을 구걸하고 있고……. 땅바닥을 기면서 말이다. 여우나 표범도 죽을 때가 되면 머리를 제 살던 곳으로 돌리지. 나는 그것을 생각하여 죽이지 않고 있다. 죽은 두 사람의 유골을 보내라. 그래서 살아 있는 여덟 명의 목숨과 바꾸는 것이 어떻겠느냐?"

백제의 중상仲常 좌평이 백제왕에게 아뢰었다.

"신라인들의 해골을 가지고 있어 봐야 이로울 게 없지요. 보내는 것이 좋겠습니다. 만약 저들이 약속을 어기고 우리 여덟 사람을 돌려보내지 않는다면, 잘못은 저들에게 있고 우리는 옳습니다. 걱정할 거 없습니다."

이에 품석 부부의 유골을 파내 나무 상자에 넣어 보내 왔다. 유신이 말했다.

---

* 주(紂) | 은나라의 마지막 왕으로, 방탕하여 결국 나라를 주(周)나라의 문공에게 빼앗겼다.
* 어진 신하 열 명 | 은나라를 물리치고 주나라를 세운 문왕에게는 특히 일을 잘 하는 신하 열 명이 있었다.
* 부인 김씨 | 김춘추의 딸. 이 일로 춘추는 백제에 커다란 원한을 가지게 되었다.

"잎 하나가 떨어진다 한들 무성한 숲에 덜어지는 바가 없으며, 티끌 하나 더한다 한들 태산에 보태질 바 없도다."

곧 여덟 사람을 살려 보냈다.

당나라에 들어갔던 김춘추가 군대 20만을 얻어 돌아와서 유신을 만나 서로 말했다.

"죽고 사는 것이 천명에 달려 있지만, 살아 돌아와 다시 공과 만나게 되었으니, 이 얼마나 다행인가?"

"나라의 위엄과 영험에 힘입어 제가 두 번 백제와 크게 싸워 스무 개 성을 빼앗고 3만여 명을 목 베거나 사로잡았습니다. 그리고 품석 공과 그 부인의 유골을 고향에 되돌려 올 수 있었습니다. 그러나 이 모두 하늘이 도우셔서 이룬 것이지요. 제게 무슨 힘이 있었겠습니까?"

김춘추가 왕위에 올라 백제 정벌의 계획을 세우다

태화 2년(649년) 8월의 일이었다.

백제군의 장군 은상殷相이 공격해 왔다. 왕이 유신 및 죽지竹旨 등 장군들에게 나가 막도록 명령하였다. 싸움은 열흘이 지나도록 끝이 나지 않았다.

그때 물새 한 마리가 동쪽을 향해 날아서 유신의 군막을 지나갔다. 다른 장군들과 병사들은 이를 보고 상서롭지 못한 일로 여기자 유신이 말했다.

"이것은 괴이하게 여길 일이 아니다. 오늘 백제 사람이 와서 염탐할 것이니, 너희는 짐짓 모른 체하며 함부로 탐문하지 마라."

또 군대 사이를 돌아다니며 말을 퍼뜨렸다.

"방어벽을 견고히 하고 움직이지 마라. 내일 아침 응원군이 도착하는 것을 기다린 다음에 결전할 것이다."

첩자가 그 말을 듣고 돌아가 은상에게 보고하였다. 은상은 신라군 쪽에 군사가 더 보내질 것이라 여겨 몹시 두려워하였다.

이에 유신이 한순간에 떨쳐 일어나 공격해 들어갔다. 백제의 장군 정중正仲과 사졸 100여 명을 사로잡고, 좌평 은상과 달솔 자견自堅 등 열 명 및 병졸 8,900여 명의 목을 베었으며, 노획한 군마가 1만 필이요 투구는 1,800벌이었고, 그 밖의 전투 장비도 그 규모에 맞먹었다. 돌아오는 길에 백제의 좌평 정복正福과 병졸 1,000여 명이 항복해 오기도 했으나, 모두 풀어 주어 각자 마음대로 가도록 하였다.

서울에 이르자 대왕이 문밖에 나와 맞이하고 노고를 극진히 위로하였다.

영휘 5년(654년)에 진덕여왕이 죽었다. 유신이 재상 알천閼川 이찬과 논의하여 김춘추를 맞이해 즉위하게 하였다. 바로 태종대왕이다.

다음 해 9월에 유신은 백제에 쳐들어가 도비천성을 공격해 승리하였다. 이때 백제의 왕과 신하들은 사치와 안일에 빠져 나라의 일을 살피지 않으니, 백성은 원망하고 신령은 노하여, 재앙과 괴변이 여러 차례 나타났다. 이에 유신이 왕에게 말했다.

"백제가 무도하여 그 죄악이 걸*과 주紂보다도 더합니다. 이는 진실로 하늘의 뜻에 따라 백성을 위로하고 죄악을 징벌할 때이옵니다."

이보다 앞서 있었던 일이다.

조미압租未押 급찬이 천산의 현령으로 있다가 백제군에 잡혀갔다. 그는 좌평 임자任子의 집에서 종이 되었다. 하는 일마다 성실하고 게으르지 않아, 임자가 어여삐 여기고 의심하지 않으면서 마음대로 나다니게 하였다. 그 틈을 타 도망하여 신라로 돌아와 유신에게 백제의 상황을 보고하였다. 유신이 그를 쓸 만한 사람인 줄 알고 말했다.

---

* 걸(桀) | 하(夏)나라의 마지막 왕. 방탕하여 결국 은(殷)나라의 탕왕에게 나라를 빼앗겼다.

"백제의 임자가 거의 모든 일을 도맡아 한다는 말을 들었다. 그와 더불어 모의할 길이 없을까 했는데, 그대가 다시 돌아가 그에게 말해 줄 수 있을까?"

"공께서 저를 보잘것없다 여기지 않으시고 꼬집어 일을 시켜 주시니, 비록 죽는다 해도 후회하지 않겠나이다."

이윽고 조미압은 다시 백제에 들어가 임자에게 아뢰었다.

"제 스스로 생각해 보니, 이미 이 나라의 백성이 되었으므로 여러 풍속을 알아야겠기에, 집을 나가 수십 일 동안 돌아다니느라 돌아오지 못하였습니다. 그러나 개나 말이 주인을 그리워하는 마음을 이기지 못해 이제 이렇게 돌아왔습니다."

임자는 그 말을 믿고 나무라지 않았다. 조미압은 틈을 엿보아 다시 아뢰었다.

"지난번에는 벌 받을까 두려워 감히 사실대로 여쭙지 못했습니다. 사실은 신라에 갔다가 돌아왔습니다. 김유신이 저에게 다시 돌아가 당신께, '나라의 흥망은 미리 알 수 없다. 만약 그대의 나라가 망하게 되면 그대가 우리나라에 의탁하고, 우리나라가 망하게 되면 내가 그대의 나라에 의탁하자.'고 전하라 했습니다."

임자가 그 말을 듣고는 잠자코 말이 없었다. 조미압은 두려워 물러나 처벌받을 일만 기다렸다. 몇 달이 지났는데, 어느 날 문득 임자가 불러 물었다.

"네가 지난번에 김유신의 말을 전했지? 무슨 뜻이었더냐?"

조미압은 놀랍고 두려워하면서 이전과 같이 대답하였다.

그러자 임자는,

"네가 전한 내용을 잘 알았으니 돌아가 전하도록 하라."

하였다. 마침내 조미압이 돌아와 보고하고, 아울러 백제국 안팎의 사정을 상세히 다 아뢰었다. 유신은 백제를 쳐서 합칠 계획을 더욱 서두르게 되었다.

당나라 군대와 함께 백제를 치다

태종대왕 7년(660년) 6월에, 대왕이 태자 법민法敏과 함께 백제를 정벌하고자 크게 군사를 일으켰다.

이때 군대를 요청하러 당에 들어가 있던 김인문金仁問이 덕물도에 도착했다. 당의 대장군 소정방 및 유백영劉伯英과 군사 13만 명이 함께 하였다. 대왕은 태자와 유신 등에게 큰 배 100척에 군사를 싣고 가, 당의 군대와 만나도록 하였다. 소정방이 태자에게 말했다.

"우리는 바닷길로 갈 터이다. 태자는 육지에 올라 출발하여, 7월 10일에 백제의 서울 사비성에서 만나도록 하자."

태자가 돌아와 대왕에게 이를 보고하고, 장수와 병사들을 거느리고 행군해 사라정에 이르렀다. 소정방과 김인문 등은 바다를 끼고 기벌포에 들어왔으나, 바닷가 뻘에 빠져 나아가지 못했다. 그러자 버드나무 가지로 자리를 펴서 군사를 내리게 하였다. 당과 신라의 군사가 힘을 합쳐 백제를 공격해 결국 멸망시켰다.

이번 승리에는 김유신의 공이 컸다. 당나라 황제가 소식을 듣고 사신을 보내 김유신에게 상을 내리고 칭송하였다.

한편 소정방은 유신 등에게 다음과 같이 제안했다.

"내가 황제에게서 '편의대로 일을 처결하라.'는 명령을 받았다. 이제 차지한 백제의 땅을 나누어 그대들에게 주고 그 공로를 보답하려 한다. 어떻게 생각하는가?"

유신이 대답했다.

"대장군께서 황제의 군대를 몰고 와 우리 임금의 소망에 따라 원수를 갚아 주셨습니다. 우리 임금과 온 나라 백성은 기뻐하며 손뼉을 치느라 다른 겨를이 없습니다. 그런데 저희만 상을 받는다면 어찌 의리 있는 행동이라 하겠습니까."

끝내 거절하고 받지 않았다.

당나라 사람들은 백제를 치고 나자, 사비의 언덕에 군영을 차리고, 몰래 신라를 치려 꾀를 내고 있었다. 신라왕이 이를 알아차렸다. 여러 신하를 불러 대책을 묻자, 다미공多美公이 나와 아뢰었다.

"우리 백성을 백제 사람으로 변장시키지요. 그들이 당나라 군대를 공격하면 저들도 반드시 반격할 것입니다. 그때를 틈타 당나라 군대와 싸운다면 뜻을 이룰 수 있겠습니다."

유신도 왕에게 말했다.

"그 말이 일리가 있습니다. 따라 주십시오."

"당나라 군대가 우리를 위해 적국을 쳐서 물리쳤다. 이제 도리어 그들과 싸운다면 하늘이 어찌 우리를 돕겠느냐."

"개가 주인을 두려워한다 하나, 주인이 그 다리를 밟으면 물어뜯는 법이지요. 나라가 어렵게 되었습니다. 어찌 살아날 방법을 찾지 않겠나이까. 허락해 주소서."

당나라 사람들은 신라가 이런 대비를 하고 있음을 알았다. 그러자 백제왕 및 신하 93명, 군졸 2만 명을 포로로 하여, 9월 3일에 사비에서 배를 띄워 돌아갔다. 소정방이 승리를 보고하고 포로를 바치자, 황제는 그를 위로하면서 물었다.

"어찌하여 내친 김에 신라를 정벌하지 않았느냐?"

"신라는 그 임금이 어질며 백성을 사랑하고, 그 신하들은 충성으로 나라를 섬깁니다. 아랫사람이 윗사람 모시기를 자기 아버지에게 하는 것처럼 하니, 비록 작은 나라라 하나 칠 수가 없었나이다."

유신의 덕과 신령스러움

다음 해였다. 신라왕은 백제의 남은 무리를 치는 데 힘을 다하고 있었다. 그러자 고구려와 말갈이 허술한 틈을 타서 바다와 육지 양쪽으로 진격해 북한산성을 포위하였다.

고구려군은 성의 서쪽에 군진을 치고, 말갈군은 성의 동쪽에 주둔해, 열흘 내내 공격해 왔다. 성안 사람들은 두려워 떨었다. 그때 갑자기 큰 별이 그들의 진영에 떨어지고 벼락이 치면서 비가 쏟아졌다. 두 나라 군대는 놀라고 의아해하여 포위를 풀고 달아났다.

사실은 이랬다. 유신은 고구려와 말갈이 성을 포위했다는 소식을 듣고, "사람의 힘은 이미 다했으니, 신령의 도움을 빌 수밖에 없겠구나." 하고, 절에 가서 제단을 만들고 기도하였다. 그런데 마침 급작스레 날씨가 변했던 것이다. 사람들은 모두 유신의 지극한 정성에 하늘이 감응한 것이라 하였다.

어느 해인가, 한가위 밤에 자녀를 거느리고 대문 밖에 서 있는데, 문득 서쪽에서 온 사람이 있었다. 유신은 그 사람이 고구려의 첩자임을 알아보았다.

"네 나라에 무슨 일이 있느냐?"

유신의 심문에 그 사람은 머리만 수그리고 아무 말을 못하였다.

"무서울 것 없다. 사실대로만 말하라."

그래도 말하지 않았다. 그러자 유신이 말했다.

"우리나라 임금께서, 위로 하늘의 뜻을 어기지 않으시고, 아래로 인심을 잃지 않으셨으므로, 백성이 기뻐하여 제 할 일을 게을리 하지 않고 있다. 너는 잘 보고 네 나라에 가서 알려라."

그러고는 그 사람을 잘 대접하여 돌려보냈다. 고구려 사람들이 이 이야기를 들었다.

"신라가 비록 작은 나라이나 유신이 재상으로 있으니 가벼이 대할 수 없

다."

6월에 당나라 고종이 장군 소정방 등을 보내 고구려를 쳤다. 당나라에 들어가 있던 김인문이 명령을 받고 와서 군사 행동의 시기를 알리며 황제의 편지를 전했다. 문무왕*은 유신과 인문 등을 데리고 군대를 일으켜 고구려를 향해 가다 남천주에 머물렀다. 한 관원이 아뢰었다.

"우리 앞길에 백제의 남은 병사들이 옹산성에 진을 치고 있어 앞으로 나갈 수 없습니다."

유신은 군사를 몰고 나아가 성을 포위하더니, 사람을 시켜 성 아래 가서 백제의 장수에게 말하게 하였다.

"네 나라가 공손치 못하여 대국의 토벌을 불러들였다. 명령에 순종하는 자는 상을 줄 것이고, 순종하지 않는 자는 죽일 것이다. 지금 너희가 홀로 하나 남은 성을 지키는 것은 어찌된 일이더냐. 마침내 너희 피로 땅을 바르고 말리니, 나와서 항복하는 것이 좋을 게다. 그러하면 목숨을 보존할 수 있으며, 부귀도 기대할 수 있으리라."

"비록 하잘것없는 작은 성이지만, 무기와 식량이 다 풍족하고 군사도 의로운 기운에 넘치며 용감하다. 차라리 싸워 죽을지언정 맹세코 항복은 아니할 것이다."

백제 장군은 소리를 높여 외쳤다. 유신이 웃으며 말했다.

"궁지에 빠지면 새 짐승도 제 몸 구할 줄 안다더니……. 이를 두고 하는 말이구나."

그러고는 이내 기를 휘두르며 북을 두들기어 들이쳤다. 왕은 높은 데 올라 전장을 바라보며 소리쳐 격려하니, 군사가 기운을 떨치면서 칼날도 두려

---

* 문무왕 | 이때는 태종 김춘추가 죽고 그 아들 법민이 문무왕으로 왕위에 올라 있었다.

위하지 않았다.

9월 27일에 성이 떨어졌다. 성안의 장수를 잡아 죽인 다음 그 백성은 놓아주었다. 승리한 장병에게는 공과 상을 따져 보답하였다.

소정방을 구하러 고구려로 가다

곧 말을 먹이고 길을 떠나 당나라 군대와 만나려던 참이었다. 왕이 앞서 태감 문천文泉을 보내 소정방에게 편지를 전하였는데, 그가 돌아와서 소정방의 말을 전했다.

"나는 황제의 명령을 받고 만 리 길을 떠나 바다를 건너왔다. 적을 토벌할 양으로 해안에 배를 매고 있은 지도 벌써 한 달, 그런데 왕의 군대는 오지 않고, 식량도 뒷받침이 없으니 매우 위태하다. 왕은 아무쪼록 마련해 달라."

왕은 여러 신하에게 어쩌면 좋을지 물었다. 그러나 신하들은, 적의 경내에 깊이 들어가 양식을 운송한다는 것은 있을 수 없는 일이라고만 말했다. 왕은 걱정하며 한탄할 뿐이었다. 그러자 유신이 나와 아뢰었다.

"신이 지나치게 은혜를 입었사옵고, 중한 소임을 욕되게 하였으니, 나라의 일이라면 죽어도 피하지 않겠나이다. 오늘은 이 늙은 신하의 절개를 다할 날이옵니다. 마땅히 적국으로 향하여 소 장군의 뜻을 맞추어 드리겠나이다."

왕은 자리를 옮겨 앞으로 나아가 유신의 손을 잡고 눈물을 흘리며 말했다.

"공 같은 어진 보필을 얻었으니 근심할 게 없소. 만약 이번 전쟁에도 이전처럼 기대에 어긋나지 않는다면, 공의 공덕을 어느 날인들 잊을 수 있겠소."

유신은 명령을 받고 현고잠의 절에 이르러 목욕재계한 다음 영실로 들어갔다. 문을 닫고 홀로 앉아 향을 피우며 여러 날 밤을 지새웠다. 드디어 밖으로 나오더니 기쁜 얼굴로 말했다.

"나는 이번 일에 죽지 않는다."

길을 떠나려 할 때, 왕은 손수 편지를 써서 유신에게 주었는데, 국경을 벗어나서는 부하에게 내릴 상벌을 마음대로 처리하라 하였다.

12월 10일, 부장군 인문 등 장군 아홉 명과 함께 군사를 거느리고 군량을 싣고 고구려의 경계로 들어섰다. 다음 해 정월 23일, 칠중하七重河에 도착하자 사람들이 모두 벌벌 떨며 감히 먼저 배에 오르지를 못하였다.

유신이 말했다.

"너희가 죽기를 꺼린다면 무엇하러 여기 왔는가?"

그러고는 먼저 배에 올라 건너가니, 여러 군사가 서로 뒤따라 강을 건너 고구려 안으로 들어섰다. 그러나 고구려 군사가 큰길의 길목을 지킬까 염려하여 험한 길로만 잡아 행군하여 산양蒜壤에 이르렀다. 유신은 군사들에게 일렀다.

"고구려와 백제 두 나라가 우리나라 영토를 침범하고, 우리나라 사람을 해치거나 사로잡아 죽이기도 하고, 어린아이들 포로로 데려다가 종으로 부려온 지 이미 오래다. 얼마나 원통한 일이냐. 내 지금 죽음을 무서워하지 않고 어려운 전쟁에 달려왔노라. 이는 오직 대국의 힘을 빌려 두 성을 없애고 나라의 원한을 씻을 생각에서다. 하늘에 고하여 신명의 도우심을 약속 받았으나, 군중의 심리가 어떠한지 알지 못하므로 이와 같이 말하는 것이다. 적을 가볍게 여기는 용기 있는 자는 반드시 성공하고 돌아갈 것이나, 적을 무서워만 한다면 어찌 사로잡히는 데서 벗어날 수 있겠느냐. 한마음으로 협력하여 하나가 백을 당하도록 하기만 여러분에게 바라노라."

여러 군사가 모두 답했다.

"장군의 명령을 받들겠습니다. 감히 구차스럽게 살 마음을 두겠습니까?"

이에 북을 치며 길을 떠나 평양으로 향하였다. 도중에 적병을 만나 들이쳐 이기고 얻은 군복과 무기가 매우 많았다.

그러나 날씨는 찬데다 험한 길을 만나자 군사와 말은 지칠 대로 지쳐 여기저기서 쓰러졌다. 유신은 팔을 걷고 채찍을 들어 말을 재촉해 나아가니, 뭇사람이 이를 보고 힘껏 달려 땀을 흘리며 감히 춥다는 말을 하지 못하였다. 드디어 험한 곳을 벗어나니 평양과 멀지 않은 거리였다.

"당나라 군사가 식량이 떨어져 매우 어려운 처지다. 먼저 알려야만 한다."

유신은 보기감 열기裂起를 불렀다.

"내가 젊어서부터 너와 함께 지냈기에 너의 기개를 짐작한다. 지금 소 장군에게 소식을 전하고자 하나 마땅한 사람이 없구나. 네가 갈 수 있겠느냐?"

"제가 비록 불초하오나, 중군의 직책에 있는 몸이요, 하물며 장군이 시키시는 일이니 설사 죽는다 해도 사는 것과 다를 바 없습니다."

열기는 드디어 장사 구근仇近 등 열다섯 명과 함께 평양에 가서 소정방을 만났다.

"유신이 군사를 거느리고 군량을 수송하여 이미 가까운 곳에 도착하였소."

소정방은 기뻐하여 감사를 표한 편지를 주었다.

유신의 신라군이 양오楊隩에 이르러 한 노인을 보고 고구려의 소식을 물어 일일이 알게 되었다. 그래서 그 노인에게 비단을 선사하였더니 사양하며 받지 않고 갔다.

유신은 양오에다 진영을 만들고, 중국어를 아는 인문 등을 당나라의 진영에 보내, 왕의 뜻을 전달하고 군량미를 바쳤다. 소정방은 식량도 다 되고 군사도 지쳐 힘껏 싸우지 못하고 있었는데, 양식을 얻자 바로 제 나라로 돌아갈 수 있었다. 인문 등도 배를 타고 바다에 떠서 본국으로 돌아왔다.

이때 고구려는 군사를 잠복시켜 신라 군사가 돌아가는 길목을 받아치려 하였다. 유신은 북과 북채를 소의 허리나 꼬리마다 매달아 몰아쳐 소리가 나게 했다. 또 풀을 잘라다 불을 질러 연기가 끊이지 않게 하고, 한밤중에 몰래 떠나 표하(瓢河)에 이르러 재빨리 건넜다. 언덕에 오르자 군사를 멈추었다.

　고구려 사람들이 알고 쫓아오자 유신은 1만여 개의 화살을 한꺼번에 쏘게 하였다. 고구려군은 후퇴하였다. 유신은 여러 부대의 군사를 독려하여 차례로 보내 무너뜨리고, 장군 한 명을 사로잡고 군사 1만여 명의 목을 베었다. 왕은 그 소식을 듣고 신하를 보내 위로하였다.

남은 백제 군사들의 반항을 쳐부수다

문무왕 3년(663년)에 백제의 여러 성이 몰래 부흥을 꾀하였다. 그 수령은 두솔성에 근거지를 두고, 왜나라에 군사를 청하여 지원을 얻으려 하였다.

　왕은 몸소 유신과 인문 등을 거느리고 7월 17일에 토벌 길을 떠나, 당나라 유인원과 더불어 군사를 합치고 웅진주에 머물렀다. 8월 13일에 두솔성에 이르렀다. 백제병은 왜병과 함께 진에서 나왔지만, 신라군이 힘껏 싸워 크게 무너뜨리니, 두 군대가 다 항복하였다. 왕은 왜병에게 말했다.

　"우리가 네 나라와 바다를 가로놓고 경계가 되어 일찍이 틈을 낸 적이 없다. 다만 화친을 맺어 왕래가 서로 통하였는데, 무슨 까닭으로 오늘날 백제와 악의 무리가 되어 우리나라를 노리느냐? 지금 너희 군졸이 나의 손아귀에 있으나 차마 죽이지 않겠다. 너희는 돌아가서 네 왕께 알려라. 너희 갈 데로 가거라."

　그리고 군사를 나누어 여러 성을 쳐 항복을 받았는데, 오직 임존성만은 지세가 험하고 성이 굳건하고 군량마저 풍족한 까닭에, 한 달 동안 공격하였으나 무너뜨리지 못하였다. 신라군도 너무 힘들어 철수하기로 하였다.

　왕이 말했다.

　"지금 성 하나만 무너지지 않았을 뿐, 나머지 성은 다 항복하였으니, 공이 없다 할 수 없다."

11월 20일, 서울에 이르러 유신에게 밭 500결을 하사하고, 그 나머지 장병에게도 등급을 정하여 상을 주었다.

문무왕 4년(664년) 3월에 백제의 남은 무리가 또 사비성에 모여 배반을 꾀하였다. 웅주도독이 아래 군사를 풀어 여러 날을 공격하였으나, 안개 때문에 사람과 사물을 분별하지 못하였다. 결국 유신이 꾀를 일러 주어 이기게 하였다.

유신에게 내린 공훈

문무왕 8년(668년)에 당 고종은, 이적李勣을 시켜 군대를 데리고 가 고구려를 치게 하면서, 신라의 군사를 징발하였다. 문무왕은 거기에 응했다. 흠순과 인문에게 명하여 장군으로 삼자, 흠순이 왕에게 말했다.

"만약 유신과 동행하지 않으면 후회하지 않을까 염려되옵니다."

"공들 세 신하는 나라의 보배인데, 만약 모두 적진에 나갔다가 예측하지 못할 일이 생긴다면, 앞으로 나라의 일은 어찌하란 말이오.

그러므로 유신은 머물러 나라를 지키게 합시다. 아마도 장성長城과 같아 끝내 근심이 없을 것이오."

흠순은 유신의 아우요, 인문은 유신의 사위였다. 그런 까닭에 높이 섬기는 처지였다. 왕의 말에 반대하지 못하고, 어찌할 수 없게 되자 유신에게 와서 알렸다.

"우리가 아무 재간이 없는데, 지금 대왕을 따라 예측하지 못할 위태로운 땅에 가게 되었으니, 어찌하면 좋을까요? 지시하여 주십시오."

"무릇 장수가 된 자는 나라의 간성干城이요 임금의 손톱과 발톱이다. 돌과 화살이 날리는 사이에서 승부를 결단하는 자이므로, 반드시 위로 하늘의 도리를 얻고, 아래로는 지리地利를, 가운데는 인심을 얻은 다음이라야 성공할 수 있다. 지금 우리나라는 충신을 가지고 보존하고, 백제는 오만하여 망하고, 고구려는 교만하여 위태한 지경이다. 만약 곧은 우리로 굽은 저들을 친다면 뜻대로 될 것이다. 하물며 대국의 밝으신 천자의 위력을 빌렸거늘, 어서 가서 노력하라. 네 맡은 일을 그르침이 없도록 하여라."

"그 말씀을 받들어 실행하여 실수하지 않도록 하겠습니다."

두 사람은 절하며 물러났다.

문무왕은 이적과 평양을 부수고 돌아와 남한주南漢州에 이르러 신하들에게 말했다.

"옛날 백제 명농왕이 고리산에 와서 우리나라를 침범하였는데, 유신의 할아버지 각간 무력武力이 장수가 되어 들이쳐서 이겼다. 그때 그 왕과 재상 네 명 그리고 병졸을 사로잡아 적을 막았지. 아버지 서현舒玄도 양주총관이 되어, 자주 백제와 싸워 그 예기를 꺾어 놓아 국경을 침범하지 못하게 하였다. 그래서 변방 백성이 농사일에 편안하였고, 임금과 신하는 밤낮 근심이 없었다. 이제는 유신이 할아버지와 아버지의 업적을 이어받아 사직의 신하가 되어, 밖을 나가면 장수요 안에 들면 재상으로, 저들이 이루어 낸 공적이 높디높다. 만약 유신의 집안에 기대지 않았다면 나라의 흥망을 알 수 없었을 것이다. 그에게 직위와 상을 어떻게 주어야겠느냐?"

여러 신하는 정말로 왕의 말에 동감하였다. 드디어 태대서발한太大舒發翰이라는 직을 내리고, 500호의 식읍*을 봉한 다음, 수레와 지팡이를 하사하였다. 아울러 대전에 오를 적에 몸을 굽히지 말도록 하였다.

김유신의 최후

문무왕 13년(673년) 봄이었다. 이상한 별이 나타나고 지진마저 일어 왕은 매우 걱정하였다. 유신이 나아가 아뢰었다.

"지금의 이변은 그 액이 저에게 있을 따름이요 나라의 재앙은 아닙니다. 왕께서는 근심하지 마옵소서."

"만약 그렇다면 그것이 나에게 가장 근심되는 점이오."

왕은 일을 맡은 이들에게 하늘에 기도하도록 하였다.

6월에 소문이 돌았다. 어떤 사람이, 유신의 집에서 군복을 입고 무기를 든 수십 명이 울면서 나오더니 이윽고 보이지 않더라는 것이다. 유신이 이 소문을 듣고는,

"이는 반드시 나를 지켜 주던 신병일 것이다. 내 복이 다했음을 보고 떠난 것이니, 내가 곧 죽겠구나."

하였다. 그 뒤 열흘이 지나 병이 나 눕게 되자, 왕이 친히 문병을 왔는데, 유신이 왕에게 말했다.

"신은 팔다리의 힘을 다하여 우두머리를 받드는 것만이 소원이옵니다.

---

* 식읍(食邑) | 공신에게 땅을 주어 거기서 세금을 거둘 수 있게 하는 것.

이제 견마*의 병이 이 지경에 이르렀으니, 오늘 이후에는 용안龍顔을 뵙지 못하겠습니다."

"나에게 경이 있는 것은 마치 물고기에 물이 있음과 같소. 만약 피치 못할 일이 생긴다면, 이 백성을 어찌하며 이 나라를 어쩌란 말이오."

"신같이 불초한 몸이 어찌 나라에 이익을 드렸겠습니까? 저에게는 다행이었습니다. 밝으신 주상께서 의심하지 않으시고 맡기며 변함이 없었으니까요. 왕의 밝으심에 기대어 하찮은 공을 이루었습니다. 삼한三韓은 한집이 되고 백성은 두 마음이 없으니, 비록 태평에까지는 이르지 못하였으나 작은 평강 정도는 이루었지요. 큰 자리에 앉으신 임금이 처음에는 잘하지 않는 이 없지만, 끝까지 마치는 일이 적음을 보아왔습니다. 여러 대에 걸쳐 쌓아온 공적을 하루아침에 무너뜨리는 경우를 볼 때면 매우 통탄스럽습니다. 성공이 쉽지 않은 것을 아시지요? 바라건대 전하는 수성*도 쉽지 않다는 것을 염려하십시오. 소인배를 멀리 하고 군자를 친근히 하셔야 합니다. 그러면 조정은 위에서 평화롭고 백성은 아래에서 안정하여, 재앙과 난리가 나지 않고, 국가의 기업이 무궁하게 되리다. 그때에 신은 죽어도 유감이 있겠습니까."

왕은 울며 받아들였다.

유신은 7월 1일 자기 집의 내실에서 죽으니 나이는 79세였다.

왕은 부음을 듣고 애통하며, 색칠한 비단 1,000필과 벼 2,000석을 부조하여 장례에 이바지하였다. 그리고 군악대 100명을 주어 금산벌에 나가 장례를 치르게 하고, 맡은 이에게 비석을 세워 공과 명예를 기록하고, 또 거기서 살 만한 집을 정하여 묘소를 지키게 하였다.

그의 아내 지소부인智炤夫人은 태종의 셋째 딸이었다. 아들 오 형제를 낳았는데, 장남은 이찬 삼광三光이요, 다음은 소판 원술元述이요, 다음은 해간 원정元貞이요, 다음은 대아찬 장이長耳요, 다음은 대아찬 원망元望이다. 딸이

네 명이며, 서자 아찬 군승軍勝은 어머니의 성씨를 모른다.

뒤에 지소부인은 머리를 깎고 헐한 옷을 입고 비구니가 되었다. 이때 성덕왕은 여러 신하에게 말했다.

"지금 나라 안팎이 평안하여 군신이 베개를 높이 베고 근심 없이 지내는 것은 바로 태대각간의 공이다. 그 부인도 그의 어진 아내로 서로 깨우쳐 가며 내조한 공이 컸으므로, 나는 그 덕택을 보답하고자 하여 하루도 마음에 잊은 적이 없다. 남성에서 거두는 벼 1,000석을 해마다 드리도록 하라."

뒤에 흥덕왕이 공을 봉하여 흥무대왕興武大王을 삼았다.

아들 원술랑

처음에 법민왕(문무왕)이 고구려를 등진 이들을 받아들이고, 백제의 옛 땅을 점령하여 차지하자, 당나라 고종이 크게 화를 내며 군대를 보내 토벌하게 하였다.

당나라 군대는 말갈병과 함께 석문石門의 들에 진영을 만들고, 법민왕은 장군 의복義福과 춘장春長을 보내 대방帶方의 들에 진영을 만들었다. 이때 장창당長槍幢만은 유독 영을 따로 하였다가, 당나라 군사 3,000명을 사로잡아 대장군의 영으로 보냈다. 그러자 다른 당幢이 말했다.

"장창영이 따로 나가 공을 세우는군. 분명 후한 상을 받겠지. 우리가 모여 있는 것은 헛수고일 뿐이야."

드디어 각각 군사를 갈라 흩어졌다. 이때 당병 및 말갈병이 그들이 진을 치기 전에 들이쳐서 크게 무너뜨렸다. 여기서 장군 효천曉天과 의문義文이

---

* 견마(犬馬) | 견마지로(犬馬之勞)의 준말. 신하가 임금에게 충성을 다하는 일.
* 수성(守成) | 쌓은 공을 지켜 내는 일.

죽었다.

유신의 아들 원술이 비장으로 있다가 역시 나가서 죽으려 하자, 그의 보좌관 담릉淡凌이 말렸다.

"대장부는 죽는 것이 어려운 것 아니오, 죽음에 처하는 것이 어렵습니다. 만약 죽어서 이룬 공이 없다면 차라리 살아서 뒷날의 충효를 꾀하는 것이 낫지요."

"남자는 구차히 살려 하지 않는다. 앞으로 무슨 얼굴로 우리 아버지를 뵈란 말인가."

원술은 바로 말을 채찍질하여 달려가려 했으나, 담릉이 말고삐를 놓지 않아 결국 죽지 못하였다. 당나라 군대가 계속 따라오자 일길찬 아진함阿珍含은, "내 나이 벌써 일흔, 살면 얼마나 더 살겠는가. 이때가 바로 내 죽을 날이다." 하고, 창을 비껴들고 진에 나가 부딪혀 죽었는데, 그 아들 역시 따라 죽었다.

이런 소식을 듣고 왕이 유신에게 물었다.

"군사가 이같이 무너졌으니 어찌하오."

"당나라 사람의 꾀는 측량할 수 없으니, 군사를 시켜 긴요한 곳을 지키게 하여야 합니다. 다만 원술은 왕의 명령을 욕되게 하였을 뿐만 아니라 가정의 교훈마저 저버렸습니다. 마땅히 베어야 옳습니다."

"원술은 비장인데 그에게만 중한 형벌을 내릴 수 없소."

왕의 용서를 받았으나, 원술은 부끄럽고 두려워서 감히 아버지를 보지 못하고, 시골에 숨어 있다가 아버지가 죽은 소식을 들었다. 원술은 어머니를 찾아갔다. 그러나 어머니는,

"부인은 삼종의 의리*가 있는데, 지금 과부가 되었으니 아들을 따름이 마땅하나, 원술 같은 자는 이미 아비에게 자식 노릇을 못하였거늘, 내가 어찌

그 어미가 될 수 있겠느냐."
하고, 끝내 만나지 않았다. 원술은 통곡하고 몸부림을 쳤다. 차마 떠나지 못하는 아들을 어머니는 끝끝내 보지 않았다. 원술은 탄식하며, '담릉 때문에 신세를 그르쳐 이 지경이 되었다.' 하고, 태백산으로 들어갔다.

---

* 삼종의 의리 | 삼종지의(三從之義). 여자가 어려서는 아버지를, 결혼하여서는 남편을, 노후에는 아들을 따른다는 것.

성덕왕 15년(716년)의 일이었다. 당나라 군대가 와서 매소산성을 공격하였다. 원술은 그 소식을 듣고, 예전의 부끄러움을 씻고자 죽기를 각오하고 나아가 힘껏 싸웠다. 원술은 공을 세우고 상까지 받았다.

그러나 부모에게 받아들여지지 않은 것을 한탄하며, 벼슬을 하지 않고 세상을 마쳤다.

다른 후손 : 윤중과 암

유신의 손자 윤중允中은 성덕왕 때 벼슬하여 대아찬이 되고, 자주 왕의 보살핌을 받았다. 왕의 친척들은 사뭇 시기하였다.

때마침 8월 보름이었다. 왕은 월성의 봉우리에 올라 멀리 바라보며 시종관과 함께 술을 즐기다가 윤중을 불러오라 명령하였다. 그때 신하가 간청하였다.

"지금 종실이나 친척 가운데 좋은 사람이 없지 않습니다. 유독 멀고 생소한 신하를 부르시니 어찌 가까운 이를 가깝게 한다 이르겠습니까."

"지금 내가 그대들과 평안하게 지내는 것은 윤중의 할아버지 덕분이다. 만약 그대의 말과 같이 잊어버린다 치자. 이는 착한 이를 좋아하되 그 자손에까지 미친다는 뜻과 다르다."

왕은 윤중을 가까이 앉힌 다음 그 할아버지의 생애를 이야기하였다. 해가 저물어 물러가겠노라 하였다. 왕은 절영산絕影山의 이름난 말 한 필을 내려주었다. 여러 신하는 실망할 따름이었다.

성덕왕 32년(733년)에 당나라가 사신을 보내왔다.

"말갈과 발해가 겉으로는 번방*이라 말하면서 속으로는 교활한 마음을 품고 있다. 지금 군사를 내어 죄를 묻고자 하니, 그대도 군사를 일으켜 서로 응원이 되어야 한다. 듣건대 옛 장수 김유신의 손자 윤중이 있다고 하니, 모름지기 이 사람을 임명하여 장수로 삼도록 하라."

그러면서 윤중에게 비단을 조금 하사하였다. 이에 왕은 윤중의 아우 윤문允文 등 장수 네 명을 시켜, 군사를 데리고 가서 당나라 군대와 만나 발해를 치게 했다.

윤중의 손자 암巖은 천성이 총명하고 민첩하여 방술方術 익히기를 좋아하였다. 젊어서 이찬이 되었는데, 당나라에 들어가 숙위*하면서, 때때로 스승에게 나아가 음양가*의 방법을 배워, 하나를 들으면 세 가지를 미루어 알았다. 그는 서서 둔갑하는 법을 스스로 지어 스승에게 바쳤다.

스승은 말없이 보다가,

"그대의 밝고 너른 지식이 이에 이를 줄은 몰랐다. 이제부터는 감히 제자라 대하지 않겠다."

고 하였다. 혜공왕 때 본국으로 돌아와 두루 벼슬을 거쳤다. 이르는 곳마다 마음을 다하여 백성을 돌보고, 공무를 보는 틈틈이 육진六鎭의 병법을 가르치니, 사람들이 모두 편안하게 여겼다.

일찍이 황충이 일어 대동강 경계까지 가도록 우글우글 돌을 덮었다. 백성은 불안하였다. 김암은 산마루에 올라 향을 피우며 하늘에 빌었다. 문득 비바람이 크게 일며 황충이 다 죽었다.

혜공왕 14년(778년)에 김암은 왕명을 받들어 일본국을 예방하였다. 그 나라 국왕이 어질다는 말을 듣고 억류하여 두려다가, 당나라 사신이 와서 암을 보고 매우 기뻐하자, 이 사람이 대국에까지 알려져 있음을 알고 이내 돌려보냈다.

* 번방(藩邦) | 종주국 주변의 속국.
* 숙위(宿衛) | 재외공관에 파견되어 근무하거나, 유학생으로 공부하는 것.
* 음양가(陰陽家) | 별자리나 풍수지리 같은 법을 익혀 점을 치거나 예언을 하는 사람.

 그해 4월에 회오리바람이 일어 유신의 묘부터 시조대왕의 능에 이르기까지 티끌과 안개가 자욱하였다. 사람을 분별하지 못할 정도였다. 그 속에서 울며 한탄하는 소리가 들리는 듯하였다. 혜공왕이 이 소식을 들었다. 왕은 두려워하여 대신을 보내 제사를 올리고 사과하였다. 아울러 취선사에 밭 30결을 바쳐 명복을 빌게 하였다. 이 절은 유신이 고구려와 백제를 평정하고 세웠다.

따져 보면 이렇다.

당나라의 이강李絳이 헌종에게 아뢰었다.

"간사하고 말재주 있는 자를 멀리하고, 충성스럽고 바른 자를 진출시키며, 대신과 말할 적에는 공경하고 진실하되 소인을 자리에 함께 두지 마십시오. 어진 이와 사귈 적에는 가까이 하되 예를 지키며, 불초한 자가 깊이 끼어들지 못하도록 하시옵소서."

이 말이야말로 성실할뿐더러 실로 임금이 되는 데 필요한 길이다. 그러므로 『서경』에, "어진 이를 맡기면 바꾸지 말고, 간사한 자를 버릴 때는 의심하지 말라.*"고 하였다. 신라왕이 유신을 대우하는 것을 보면, 친근하여 틈이 없고 위엄차나 변함없고, 그 꾀는 시행하고 그 말은 들어주었다. 육오동몽*의 좋은 길을 얻음이다.

그러므로 유신은 그 뜻을 펼 수 있었다. 대국과 협의하여 삼국을 합쳐 한 나라로 만들고 공명으로 생애를 마치지 않았는가.

을지문덕의 지략과 장보고의 용맹은 중국의 자료가 아니었으면 사라졌을 것이다. 그러나 유신 같은 이는 세상 사람들이 칭송하여 지금까지 잊히지 않았다. 사대부가 알고 있음은 그렇다 치더라도, 꼴 베는 아이 소치는 이까지도 아는 것을 보면, 그의 사람됨에 반드시 남보다 다른 점이 있기 때문이리라.

---

* 어진 이를~말라. | 『서경(書經)』의 「대우모(大禹謨)」편에 나오는 말.
* 육오동몽(六五童蒙) | 『주역(周易)』의 「몽괘(蒙卦)」에 나오는 '육오동몽길(六五童蒙吉). 어리고 몽매한 사람이 높은 지위에 있으면서도, 겸손한 태도로 유능한 이에게 일을 맡겨, 좋은 결과를 얻었다는 뜻.

제4권

을지문덕
거칠부
이사부
김인문
김양
흑치상지
장보고
사다함

을지문덕

고구려 을지문덕乙支文德은 그 조상이 누구인지 잘 모른다. 침착하고 굳센 성격에다 지략이 있고 글 짓는 법까지 알았다.

영양왕 23년(612년)이었다. 수나라 양제煬帝가 고구려를 정벌하겠다는 명령서를 내렸다. 우문술于文述은 부여도로 나오고, 우중문于仲文은 낙랑도로 나와, 9군九軍과 함께 압록강에 이르렀다.

문덕은 왕명을 받들고 그들의 진영에 가서 항복하였다. 그러나 사실은 저들의 실상을 살펴보려 거짓으로 한 행동이었다. 우중문과 우문술은 만약 고구려왕이나 문덕이 오거든 잡아 두라는 밀지를 받아 놓고 있었다. 그래서 억류해 두려 하였는데, 상서우승 유사룡劉士龍이 위무사가 되어 와서 굳이 말리는 것이었다. 결국 문덕을 돌려보냈다.

문술과 중문은 깊이 후회하고, 사람을 보내 문덕을 꾀기를, '의논할 일이 있으니 다시 와 달라.' 고 하였다. 그러나 문덕은 돌아보지 않고 압록강을 건너 본국으로 와 버렸다.

중문은 문덕을 잃고 마음이 편하지 않았다. 문술은 군량이 떨어져 가는 것을 보고 돌아가려 하였다. 중문은,

"정예부대를 시켜 문덕을 쫓으면 성공할 수 있소."

라고 하였으나, 문술이 말렸다. 중문이 화를 내며 말했다.

"장군은 10만의 병력을 가지고 조그마한 적을 부수지 못한다면, 무슨 낯으로 황제를 뵌단 말이오."

문술 등은 마지못해 받아들이고 압록강을 건너 쫓아갔다.

문덕은 수나라 군대가 주린 기색이 있음을 알았다. 더욱 피곤에 지치게 하려고 싸우면 바로 패하였다. 그래서 문술 등은 하루에 일곱 번이나 싸워 모두 이겼다. 이렇듯 쉽게 이기는 것을 믿고, 주위에서 부추기는 바람에, 마침내 동쪽으로 나아가 살수薩水를 건넜다. 그들은 평양성 30리 밖에서 산을 등지고 진을 쳤다.

문덕이 중문에게 다음과 같은 시를 보냈다.

신비로운 계책은 하늘의 흐름을 알아서 하고
기묘한 꾀는 땅의 이치를 다 알아서 하는 게지
싸움에서 이긴 공 높을 수밖에 없겠네
그만하면 족하니 이제 그치는 게 어떠한지.

중문이 답서를 보내 짐짓 타일렀다. 문덕도 사자를 보내 항복을 가장하고 문술에게 요청하였다.

"만일 군사를 철수한다면 틀림없이 왕을 모시고 행재소로 가서 인사드리겠다."

문술의 군사들은 피곤하고 기운이 쇠진하여 더는 싸울 수 없었다. 더욱이 평양성은 험하고 견고하여 바로 함락시키기는 어려울 것이라는 판단이 들었다. 그래서 거짓 항복이라도 받은 상태에서 돌아가기로 결정하고, 방어진을 만들며 행군하였다.

문덕은 군사를 출동시켜 사면으로 공격하였다. 문술 등은 한편으로 싸우며 한편으로는 쫓겨 갔다. 그들이 살수에 이르러 군사가 절반쯤 강을 건너갔을 때, 문덕이 군사를 몰아 그들의 후군을 세차게 공격하여 우둔위장군 신세웅辛世雄을 죽였다. 이렇게 되자 모든 적군이 한꺼번에 허물어져 걷잡을 수가 없었다. 9군 장졸이 모두 달아났다. 하루 낮 하루 밤 사이에 압록강에 이르렀으니 그들은 450리를 간 셈이다.

처음 요수를 건너올 때 그들은 9군에 30만 5,000명이었다. 그러나 요동성에 돌아갔을 때는 다만 2,700명뿐이었다.

따져 보면 이렇다.

양제의 요동 전쟁은 출동 병력에서 전례가 없을 만큼 컸다. 고구려는 한 모퉁이에 있는 조그마한 나라다. 그런데도 이를 방어하고 스스로 보전하였을 뿐만 아니라 그 군사를 거의 무찌를 수 있었던 것은 문덕 한 사람의 힘이었다.

『춘추좌전』에서 말했다.

"군자가 없으면 어찌 나라를 다스릴 수 있으리오?"

참으로 옳은 말이다.

거칠부

거칠부居柒夫의 성은 김씨이고, 내물왕의 5세손이다. 조부는 각간 잉숙仍宿이요, 아버지는 이찬 물력勿力이었다.

거칠부는 젊었을 때 사소한 일에 마음을 쓰지 않고 원대한 뜻을 품었다. 그는 머리를 깎고 중이 되어 사방을 유람하였다. 문득 고구려를 정탐하고 싶은 생각이 들어 그 나라 경내로 들어갔다가, 법사 혜량惠亮이 강당을 열어 불경을 가르친다는 말을 듣고, 바로 그곳으로 가서 강의를 들었다.

하루는 혜량이 물었다.

"사미는 어디서 왔는가?"

"저는 신라인입니다."

그날 밤에 법사가 그를 불러 놓고 손을 잡으며 은밀히 말했다.

"내가 사람을 많이 보았는데, 너의 용모를 보니 분명 보통 사람이 아니다. 아마 다른 마음을 품고 있을 테지?"

"제가 외딴 지방에서 성장하여 참된 도리를 듣지 못하였는데, 스님의 높으신 덕망과 명성을 듣고 와서 말석에 참여하였습니다. 스님께서는 내치지 마시고 끝내 어리석음을 깨우치게 하여 주소서."

"노승이 미련하나 그대가 어떤 인물인지 알아볼 수 있네. 이 나라가 비록 작지만 그대가 하려는 일을 아는 사람이 없다고 할 수는 없을 것이야. 잡힐까 염려되어 일부러 은밀히 일러 줌일세. 그대는 빨리 돌아가는 것이 좋겠네."

거칠부가 돌아가려 하자 법사가 다시 말했다.

"그대의 얼굴을 보니 제비턱에 매 눈이군. 앞으로 반드시 장수가 될 게야. 만일 군사를 거느리고 오거든 나에게 해를 끼치지는 말게나."

"만일 스님의 말씀과 같은 일이 생긴다면, 이는 스님과 제가 모두 바라지 않는 일이니, 밝은 해를 두고 그런 일이 없도록 맹세하겠습니다."

그는 마침내 귀국하여 본래대로 돌아가 벼슬길에 나가서 직위가 대아찬에 이르렀다.

진흥왕 6년 을축(545년)에, 그는 왕명을 받들어 여러 문사를 소집하여 신라의 국사를 편찬하였고, 파진찬 벼슬을 더 받았다.

12년 신미(551년)에, 왕이 거칠부 등 여덟 장군에게 백제와 힘을 합해 고구려를 공격하도록 명령하였다. 백제인이 먼저 평양을 격파하고, 거칠부 등은 승세를 몰아 죽령 이북 고현 이내의 10개 군을 빼앗았다.

이때 혜량 법사가 무리를 이끌고 길가에 나와 있었다. 거칠부가 말에서 내려 군인의 예를 가지고 절한 다음 앞으로 나아가 말했다.

"옛날 유학할 때 법사님의 은혜를 입어 목숨을 지켰는데, 오늘 우연히 만나게 되니 무엇으로 은혜를 갚아야 할지 모르겠습니다."

"지금 우리나라는 정사가 어지러워 멸망할 날이 얼마 남지 않았다. 네 나라로 데려가 주기 바란다."

이에 거칠부가 법사를 말에 태워 함께 돌아와서 왕에게 소개하였다. 왕은 법사를 승통*으로 삼고 처음으로 백좌강회*를 열고 팔관법*을 실시하였다.

진지왕 원년 병신(576년)에 거칠부는 상대등이 되고, 나라의 여러 일을 담당하다가 늙은 뒤에 자기 집에서 죽었다. 세상에서 누린 나이는 78세였다.

---

* 승통(僧統) | 신라시대에 승려 조직을 관장하였던 승려의 우두머리.
* 백좌강회(百座講會) | 여러 지파가 모두 모여서 여는 법회.
* 팔관법(八關法) | 신라시대부터 시작한 국가와 백성의 발전과 안녕을 비는 국가의 불교 행사로 고려시대에 와서 특히 성행했다.

이사부

이사부異斯夫의 성은 김씨고, 내물왕의 4세손이다. 지도로왕 때 변경의 관리가 되어 가야국을 빼앗았다.

지증왕 13년(512년)에 그는 아슬라주(강릉)의 군주가 되어 우산국(울릉도)을 병합하려고 계획하였다. 그곳 사람들이 미련하고 사나워서, 힘으로 항복받기 어려우나, 꾀를 써서 굴복시킬 수 있다고 생각하였다. 이에 나무로 사자를 많이 만들어 전함에 나누어 싣고 해안으로 다가가 짐짓 알렸다.

"너희가 만일 항복하지 않으면 이 맹수들을 풀어놓아서 밟아 죽이겠다."

우산국 사람들은 두려워하여 즉시 항복하였다.

진흥왕 11년(550)에 백제는 고구려의 도살성을 빼앗고, 고구려는 백제의 금현성을 함락시켰다. 왕은 두 나라 군사가 지친 틈을 이용하리라 생각했다. 곧 이사부에게 명하였다. 군대가 출동하여 그들을 쳐서 두 개의 성을 빼앗았다. 이어 성을 증축하고 군사들을 남겨 두어 지키게 하였다.

이때 고구려가 군사를 보내 금현성을 쳤다. 그러나 그들은 승리하지 못하고 돌아갔다. 도리어 이사부가 이들을 추격하여 크게 이겼다.

김인문

김인문金仁問의 자는 인수仁壽이고, 태종대왕 김춘추의 둘째 아들이다. 어려서 배우기에 힘써 유가儒家의 서적을 많이 읽었으며, 동시에 장자莊子와 노자老子 그리고 불교 서적을 널리 섭렵하였다. 또한 글씨를 잘 쓰고, 활쏘기, 말 타기, 향악을 잘하였다.

이처럼 기예에 익숙하고 식견과 도량이 넓어 당시 사람들이 그를 추앙하였다.

중국에 가 숙위하며 백제를 치다

영휘 2년(651년) 인문의 나이 스물세 살 때, 왕명을 받들고 당나라에 가서 숙위宿衛하였다. 그가 바다를 건너 조정에 들자, 당나라 고종은 충성이 가상하다 하여 특별히 좌령군위장군을 제수하였다.

4년(653년)에 조칙을 내려 본국으로 돌아가 부모를 만나게 하였다. 태종이 그에게 압독주 총관을 제수하였다. 이때 그는 장산성을 쌓아 요새를 설치하였다. 태종은 그 공로를 인정하여 식읍 300호를 주었다.

신라가 여러 번 백제의 침공을 받게 되자, 태종은 당나라 군대의 원조를 얻어 원수를 갚고 싶었다. 마침 숙위하러 가는 인문에게 당의 원군을 청하라 하였다. 그러자 고종이 소정방蘇定方을 신구도대총관으로 삼아 군사를 거느리고 백제를 치도록 하였다.

황제가 인문을 불러, 도로가 얼마나 험난한지, 어떻게 편히 갈 수 있는지 물었다. 인문은 일일이 소상하게 대답하였다. 황제가 기뻐하여 인문에게 신구도부대총관의 관직을 주어 정방의 병영으로 가라고 명령하였다.

　인문은 마침내 정방과 함께 바다를 건너 덕물도에 이르렀다. 태종은 큰아들인 태자에게 명령했다.

　"장군 유신, 진주, 천존 등을 데리고, 큰 전함 100척에 군사를 싣고 가서 당나라 군대를 맞도록 하여라."

　웅진 어귀에 이르니 적이 강가에 집결하여 있었다. 그들과 싸워서 치고, 승세를 몰아 백제의 서울에 들어가 격파하였다. 정방은 백제의 왕 의자와 태자 효, 왕자 태 등을 사로잡아 당나라로 돌아갔다.

　대왕이 인문의 공적을 가상히 여겨 파진찬을 제수하고 또한 각간 벼슬을 더 주었다. 그는 얼마 후 당에 들어가서 이전과 같이 숙위하였다.

고구려와의 전쟁

용삭 원년(661년)에 고종이 불러 말했다.

　"내가 이미 백제를 격멸하여 너희 나라의 근심을 제거하였으나, 지금 고구려가 견고한 요새를 믿고 예맥과 더불어 악한 짓을 하고 있다. 이는 사대의 예를 어기고, 선린의 의리를 저버리는 짓이다. 내가 군사를 파견하여 토벌코자 하니, 너도 돌아가서 국왕에게 이 말을 고하라. 군사를 출동시켜 우리와 함께 거의 망하게 된 적을 섬멸하자."

　인문은 즉시 본국으로 돌아와 황제의 명령을 전달하였다. 왕은 인문으로 하여금 유신 등과 함께 군사를 정비하여 기다리게 하였다.

　황제는 형국공 소정방을 요동도행군대총관으로 삼았다. 소정방은 6군을 거느리고 만 리 길을 달려, 대동강에서 고구려 군사와 만나 쳐부수고, 그 길로 평양을 포위하였다. 그러나 고구려 군사가 굳게 지키자 승리하지 못하고, 도리어 많은 병마가 부상 당하거나 사망하였다. 게다가 군량미의 운송로도 확보하지 못하였다. 인문은 유인원劉仁願과 함께 군사를 거느리고 쌀 4,000석과 벼 2만여 곡을 싣고 평양으로 갔다. 당나라 군대는 식량을 얻었으나 눈이 많이 내렸으므로 포위를 풀고 돌아갔다.

신라군이 돌아가려 했을 때였다. 고구려 군대가 길목을 막고 공격하려 하자, 인문은 유신과 함께 꾀를 내어 밤중을 틈타 도망하였다. 고구려인이 다음 날에야 이를 알고 추격해 왔다. 인문 등은 반격하여, 1만여 명의 목을 베고 5,000여 명을 생포해 돌아왔다.

인문은 다시 당나라에 갔다. 건봉 원년(666년)에 황제의 행렬을 따라 태산에 올라 봉선*의 의식을 행하였다. 이 때문에 우효위대장군에다 식읍 400호를 더해 주었다.

총장 원년 무진(668년)에, 고종 황제가 영국공 이적李勣에게 군사를 주어 고구려를 치게 하였다. 또한 인문을 보내 신라에게 군사를 모아 보내 줄 것을 요구하였다. 문무왕은 군사 20만 명을 출동시켜 인문과 함께 북한산성으로 갔다. 왕은 그곳에 머물렀다. 먼저 인문 등에게 군사를 주어 당나라 군대와 만나 평양을 공격하도록 하였다. 그들은 한 달 남짓 만에 보장왕을 생포하였다.

인문이 고구려왕을 영국공 앞에 꿇어앉히고 그의 죄를 따졌다. 고구려왕은 두 번 절하고 영국공이 그에 답례를 하였다. 영국공은 곧 왕과 남산, 남건, 남생 등을 데리고 돌아갔다.

인문에게 내린 상

문무대왕은 인문의 지략이 훌륭하고 공로가 뛰어나다고 인정하였다. 그래서 대탁각간 박유朴紐의 식읍 500호를 주었다. 당나라의 고종도 인문이 여러 차례 전공을 세웠다는 말을 듣고 글을 내렸다.

"손톱과 어금니가 될 훌륭한 장수요, 문무를 갖춘 영재다. 작위爵位를 제정하고 새로운 봉읍을 주는 것이 좋을 것이다."

드디어 작위를 올려 주고 식읍 2,000호를 더 주었다. 그 뒤로 그는 궁궐에서 황제를 모시며 오랜 세월을 보냈다.

상원 원년(674년)에 문무왕은 고구려의 반군을 받아들이고, 또한 백제의 고토를 차지하였다. 당나라 황제는 크게 노하여 유인궤劉仁軌를 계림도 대총관으로 삼아 군사를 출동시켜 신라를 공격하였다. 황제의 문서를 보내 이미 왕의 관작官爵을 박탈하였다.

인문은 우효위원외대장군 임해군공이 되어 당나라 서울에 있었다. 황제는 그를 임금으로 삼아 본국으로 돌아가서 그의 형인 문무왕을 대신하게 하고, 계림주 대도독 개부의동삼사로 책봉하였다. 인문은 이를 간곡히 사양하였다. 그러나 황제의 허락을 얻지 못하여 길을 떠났다.

때마침 문무왕이 사신을 보내 공물을 바치며 사죄하였다. 그래서 황제는 죄를 용서하고 왕의 관작을 회복시켰으며, 인문은 중도에서 돌아가 역시 이전의 관직을 다시 맡게 되었다.

연재 원년(694년) 4월 29일, 당나라 서울에서 병으로 죽었다. 향년 66세였다. 이 소식을 듣고 황제가 놀라고 슬퍼하며 수의를 주고 관등을 더 높여 주었다. 인문은 일곱 번이나 당나라에 들어가, 그 조정에서 숙위한 햇수를 계산하면 22년이나 된다.

---

* 봉선(封禪) | 중국 황제들이 태산에 제단을 만들고 하늘에 제사지내던 것. 봉은 흙을 쌓아 단을 만들어서, 선은 땅을 판판하게 닦고 깨끗이 하여서 함.

김양

　김양金陽의 자는 위흔魏昕이며, 태종대왕의 9세손이다. 집안 대대로 모두가 높은 관직을 지냈다.
　김양은 태어날 때부터 영특하였다. 태화 2년 곧 흥덕왕 3년(828년)에 고성군 태수가 되었으며, 얼마 뒤에 중원(충주)의 대윤으로 임명되었다가, 곧 무주(광주)의 도독으로 전직되었다. 가는 곳마다 정치를 잘한다는 칭송을 들었다.
　개성 원년(836년)에 흥덕왕이 죽었다. 그러나 이를 계승할 아들이 없자, 왕의 집안 동생인 균정과 다른 동생의 아들인 제륭 사이에 왕위 쟁탈전이 벌어졌다. 이때 김양은 균정의 아들인 아찬 우징 그리고 매부인 예징과 함께 균정을 왕으로 세우고, 적판궁에 들어가 사병으로 숙위하였다. 그때 제륭의 무리인 김명, 이홍 등이 적판궁을 포위하였다. 김양은 군사들을 궁문에 배치하여 그들을 막으면서 말했다.
　"새 임금이 여기 계시는데, 너희가 어찌 이토록 흉악하게 거역할 수 있느냐?"
　드디어 활을 당겨 십여 명을 쏘아 죽였다. 그러나 제륭의 부하 배훤백이 김양을 쏘아 다리를 적중시켰다. 균정이 말했다.
　"저쪽은 군사가 많고 우리는 적으므로 그 세력을 막을 수 없다. 공은 물러나는 체하여 뒷날에 다시 일어설 계획을 세우라."
　이에 김양이 포위를 뚫고 나와서 한기韓岐에 이르렀고, 균정은 반란군에게 살해되었다. 양은 하늘을 향하여 통곡하면서 해를 두고 결심을 다진 다음, 아무도 모르게 산야에 숨어서 때가 오기를 기다렸다.

개성 2년(837년) 8월이 되었다. 전 시중 우징이 남은 군사를 수습하여 청해진으로 가서 대사 궁복(장보고)과 손을 잡고 불공대천*의 원수를 갚고자 하였다. 김양은 이 말을 듣고 참모와 병졸들을 모집하여 3년 2월에 우징이 있는 곳으로 찾아갔다. 그를 만나서 함께 거사할 일을 꾸미기로 한 것이다.

3월에 정예군 5,000명을 거느리고 무주를 습격하여 성 밑에 이르자 고을 사람들이 모두 항복하였다. 그들은 계속 진군하여 남원에 이르러 신라군과 싸워 승리했다. 오랫동안 싸워 피로해지자 우징은 다시 청해진으로 돌아가 군사와 말을 쉬게 했다.

겨울에 혜성이 서쪽에 나타났다. 광채 나는 꼬리가 동쪽을 가리키자 여러 사람이 서로 축하하며 말했다.

"이는 낡은 것을 없애고 새것을 펴며, 원수를 갚고 치욕을 씻을 좋은 징조이다."

김양을 평동장군이라 하였다.

12월에 다시 출동하자 김양순이 무주의 군사를 거느리고 왔다. 우징이 염장, 장변, 정년, 낙금, 장건영, 이순행 여섯 장수를 보내왔으므로 군사의 위풍이 막강하였다. 북을 치며 행군하여 무주 철야현 북쪽에 도착하자, 신라 대감 김민주가 군사를 출동시켜 대항하였다. 장군 낙금과 이순행이 기병 3,000명을 거느리고 상대 진영으로 뛰어들어 그들을 모두 죽였다.

4년(839년) 정월 19일, 김양의 군사가 대구에 도착하였는데, 왕이 군사를 보내 항거하였다. 김양의 군사가 이들을 역습하였다. 왕의 군사는 패배하여, 양에게 생포되거나 죽고 노획 당한 것이 헤아릴 수 없이 많았다. 이때 왕

* 불공대천(不共戴天) | 함께 한 하늘을 일 수 없다는 뜻. 그만큼 원수의 사이라는 것을 말한다.

은 정신을 차리지 못하고 다른 궁으로 도망쳐 갔으나 군사들이 곧 찾아서 살해하였다.

김양이 주변의 장군에게 명령하여 말 탄 군인을 인솔하게 하고 널리 알렸다.

"이 싸움은 본디 원수를 갚기 위한 것이었다. 이제 그 괴수가 죽었으니 의관, 사녀, 백성은 모두 각자 안심하고 살 것이며, 망령스럽게 움직이지 마라."

그가 드디어 서울을 수습 정돈하니, 백성이 마음을 놓고 살게 되었다. 김양이 훤백薨伯을 불러 말했다.

"개는 제 주인이 아니면 짖는 법이다. 네가 네 주인을 위하여 나를 쏘았으니 의로운 군사다. 탓하지 않을 것이니 너는 안심하고 두려워하지 마라."

여러 사람이 이 말을 듣고 말했다.

"훤백에게도 저렇게 하니 다른 사람이야 무엇을 근심하랴?"

그들은 감복하며 기뻐하지 않는 자가 없었다.

4월에 왕궁을 깨끗이 정리하고 시중 우징을 맞아들여 왕위에 오르게 하였다. 이가 곧 신무왕이다. 신무왕이 7월 23일에 죽고 태자가 뒤를 이으니 이는 문성왕이다. 김양의 공로를 추가로 인정하여 소판 겸 창부령을 제수하고, 다시 시중 겸 병부령으로 전임시켰다. 당나라에서 불러다 묻고 동시에 검교위위경을 제수하였다.

대중 11년(857년) 8월 13일에 김양은 자기 집에서 죽었다. 향년 50세. 소식이 알려지니 왕이 슬퍼하며 서발한을 추증하고, 모든 절차를 김유신의 장례 때와 같게 하여, 그해 12월 8일에 태종대왕의 능에 함께 모셨다.

흑치상지

흑치상지黑齒常之는 백제의 서부 사람이다. 키가 7척쯤 되었으며, 동작이 빠르고 힘이 강하고 지략이 훌륭하였다. 백제의 달솔로서 풍달군의 장수를 겸하였다. 이 직위는 당의 자사와 같은 것이다.

소정방이 백제를 평정하였을 때, 그는 자기 부하와 함께 항복하였다. 정방은 늙은 왕을 가두고 군사를 풀어놓아 크게 노략질을 하였다. 겁이 난 상지는 주변의 관장 열 명과 함께 달아났다. 그러나 거기서 도망한 사람들을 불러 모아 임존성에 웅거하며 굳게 지켰다. 그러자 열흘이 못 되어 그에게

찾아든 자가 3만 명이나 되었다. 정방이 군사를 독려하여 그를 공격하였으나 이기지 못했다. 상지는 마침내 200여 개의 성을 회복하였다.

용삭 연간(661~663년)에 고종이 사신을 파견하여 그를 불러 타이르자 그는 유인궤에게 가서 항복하였다. 마침내는 당나라에 들어가서 좌령군원외장군 양주자사가 되었다. 여러 차례의 정벌에 종사하여 많은 공을 세우고 특별한 작위와 상을 받았다.

오랜 뒤에는 연연도대총관이 되어 이다조 등과 함께 돌궐을 격파하였다. 이때 좌감문위 중랑장 보벽寶璧이 돌궐을 끝까지 추격하여 공을 세우려 하였다. 황제는 상지와 함께 공격하라고 명령하였다. 그러나 혼자 공격에 나섰다가 오랑캐에게 패하여 전군이 패배하였다. 보벽은 관리의 손에 죽임을 당하고, 상지도 공을 세우지 못한 죄를 짓게 되었다.

때마침 주흥 등이 무고를 하였다. 그가 응양장군 조회절趙懷節과 함께 반란을 음모한다는 것이었다. 상지는 옥에 갇혔다가 사형을 당하였다.

상지는 아랫사람들을 은덕으로 다스렸다. 한번은 병졸이 그의 말을 때렸다. 어떤 이가 그 병졸을 처벌하자고 하자 상지가 대답했다.

"어찌 사사로운 말 때문에 관병을 매로 때리겠는가?"

그는 자기가 받은 상을 휘하의 부하들에게 나누어 주어 남겨 두는 것이 없었다. 그가 죽게 되자 사람들은 모두 그의 억울한 죽음을 슬퍼하였다.

장보고

　장보고張保皐와 정년鄭年은 모두 신라인이다. 그들의 고향과 조상은 알 수 없다.
　두 사람은 모두 전투를 잘하였는데, 정년은 바닷물 밑으로 들어가 오십 리를 잠수하여 다녀도 숨이 차지 않았다. 용맹과 씩씩함을 비교하면, 보고가 연에게 약간 모자랐으나, 연은 보고를 형으로 불렀다. 그러나 보고는 나이로, 연은 기예로 항상 맞수가 되어, 서로 지려고 하지 않았다. 두 사람이 당나라에 가서 무녕군 소장으로 있을 때는, 말을 달리며 창을 쓰는 데 대적할 자가 없었다. 그 뒤에 보고가 귀국하여 대왕에게 말했다.
　"중국을 두루 돌아다녀 보니, 우리나라 사람들을 노비로 삼고 있었습니다. 청해에 진영을 설치하여 해적들이 사람들을 노략질하여 서쪽으로 데려가지 못하게 하시기 바랍니다."

청해는 신라 해로의 요충지로서 지금은 완도라고 부른다. 대왕이 보고에게 군사 1만 명을 주어 청해에 진영을 설치케 하니, 이 뒤로는 바다에서 우리나라 사람들을 노비로 파는 자가 없어졌다.

보고는 이미 높은 자리에 올랐으나, 연은 직업을 잃고 굶주리는 가운데 사수의 연수현*에서 살고 있었다.

하루는 장수 풍원규에게 말했다.

"내가 동쪽으로 돌아가서 장보고에게 얻어먹으려 하오."

"그대와 장보고의 사이가 어떠한가? 어찌하여 그곳에 가서 그의 손에 죽으려 하는가?"

"배고파 죽기가 싸우다 죽는 것보다 못하지요. 더구나 고향에서 죽으니 말이오."

드디어 그곳을 떠나 장보고를 만났다.

그가 보고와 함께 술을 마시면서 마음껏 즐기는데, 술자리가 끝나기 전에, 왕이 시해되고 나라가 어지러워져서 임금이 없다는 소문이 들렸다. 보고가 군사 5,000명을 나누어 연에게 주면서 그의 손을 잡고 울면서 말했다.

"그대가 아니면 나라의 환난을 평정할 수 없다."

연이 서울로 들어가 배반한 자를 죽이고 왕을 세웠다. 왕은 장보고를 불러 재상으로 삼고, 연으로 하여금 보고를 대신하여 청해를 지키게 하였다.

따져 보면 이렇다.

두목*은 다음과 같은 이야기를 남겼다.

"천보 연간(742~755년)의 안녹산*의 난 때였다. 삭방절도사 안사순은 녹산의 집안 동생이라는 이유로 처형 당하였다. 그리고 곽분양에게 조서를 주어 그를 대신하게 하였다. 열흘 후에는 다시 이임회에게 조서를 내렸다. 임명장을 가지고 가서 삭방 군사의 절반을 나누고, 동쪽으로 조나라와 위나라 지방으로 나가게 하였다.

사순이 살아 있을 때는 분양과 임회가 모두 아문도장牙門都將으로 있었다. 두 사람은 사이가 좋지 않았다. 한자리에서 음식을 먹으면서도, 항상 서로 눈을 흘기고, 말 한마디도 주고받지 않았다.

분양이 사순의 직무를 대신하게 되자 임회는 도망하려 하였다. 그러나 미처 행동으로 옮기지 못하고 있는데, 분양은 임회에게 병력의 절반을 나누어 주고 동쪽을 정벌하라고 명령했던 것이다. 임회가 들어가 분양에게 부탁하였다.

'이 한 몸이 죽는 것은 실로 달게 받겠으나, 처자만은 죽음을 면하게 해주시오.'

분양은 내려가서 임회의 손을 잡고 마루 위로 올라와 마주 앉아 말했.

'지금 나라가 어지러워 임금이 피난하였는데, 그대가 아니면 동쪽의 적을 평정할 수 없네. 어찌 사사로운 원한을 생각할 때란 말인가?'

그들이 작별할 때, 손을 잡고 눈물을 흘리면서 충성과 의리로써 서로 격려하였으니, 나라의 큰 도적을 평정하게 된 것은 실로 두 사람의 힘이었다.

배반할 마음이 없음을 알고, 재능이 일을 맡길 만한 인물임을 안 뒤에야, 비로소 의심하지 않고 군사를 나누어 줄 수 있는 법이다. 평생토록 상대에 대하여 분한 심정을 지니면서 그 상대의 마음을 알기는 어렵다. 분노에 차 있으면 반드시 상대의 단점이 먼저 보이게 되므로, 그 재능을 알아보기가

---

* 사수의 연수현 | 중국의 강소성에 있는 마을.
* 두목(杜牧) | 당나라의 시인. 그가 쓴 「장보고 전기」가 있다.
* 안녹산(安祿山) | 본디 호족(胡族) 출신이었으나, 당나라 현종의 총애를 받아 15만의 군대를 이끄는 절도사가 되었고, 이를 바탕으로 755년 반란을 일으켜 나라를 세우고 대연(大燕)이라 했다. 아들에게 죽임을 당했다.

매우 어렵기 때문이다.

　이러한 면으로 보면 장보고와 분양의 현명한 정도는 비슷하다.

　정년이 보고에게 갈 때 틀림없이, '저 사람은 귀하게 되었고 나는 천하니, 내가 자신을 낮춘다면 응당 옛날의 감정 때문에 나를 죽이지는 않으리라.'고 하였을 것이다. 보고는 과연 그를 죽이지 않았으니 이는 인지상정人之常情이요, 임회가 분양에게 죽기를 청한 것도 역시 인지상정이었다. 장보고가 정년에게 임무를 맡긴 것은 자기 자신에게서 우러나온 것이다. 정년도 굶주린 상황에 있었으므로 감동하기 쉬운 일이었다.

　분양과 임회는 평생 대립하였지만, 임회에게 내린 명령은 천자에게서 전권을 받은 분양에게서 나왔으니, 장보고와 비교하자면 곽분양이 더욱 훌륭한 편이다. 이것이 바로 성현들이 성공과 실패를 함부로 판단하지 않는 대목이다. 그것은 다름이 아니라, 인의仁義의 마음이 잡스런 감정과 함께 존재하여, 잡스런 감정이 이기면 인의가 사라지고, 인의가 이기면 잡스런 감정이 사라지는 이치다. 장보고와 곽분양, 두 사람은 인의의 마음이 이긴데다가, 그 바탕이 총명하였기 때문에 마침내 성공하였던 것이다.

　세상 사람들은 주공과 소공*을 영원한 스승으로 칭송한다. 그러나 주공이 어린 임금을 보좌할 때 소공은 그를 의심했다. 주공의 성스러움과 소공의 현명함으로 젊어서는 문왕을 섬겼고, 늙어서는 무왕을 보좌하여 천하를 평정할 수 있었지만, 주공의 마음을 소공도 알지 못했다. 그러므로 만약 인의의 마음이 있다 할지라도 바탕에 총명함이 없으면, 비록 소공일지라도 의심할 수밖에 없었으니, 하물며 그보다 못한 사람들이야 어떠하겠는가?

　'나라에 군자 한 사람만 있으면, 그 나라는 망하지 않는다.' 는 말이 있다. 대개 나라가 망하는 것은 사람이 없어서가 아니라, 망할 때를 당하여 어진 사람을 쓰지 않기 때문이다. 진실로 어진 사람을 쓸 줄 안다면 한 사람으로도 넉넉한 것이다."

송기*도 말했다.

"아, 원한을 지니고서도 서로 해치지 아니하고, 먼저 나라를 근심했던 이로는, 진晉나라에 기해*가 있고, 당나라에 곽분양과 장보고가 있었으니, 그 누가 동이東夷에 사람이 없다 하겠는가."

---

* 주공과 소공 | 공(周公)과 소공(昭公)은 주나라 문왕의 아들들이고 무왕의 아우들. 무왕이 죽고 그의 어린 아들이 성왕이 되자, 주공이 혼신의 힘을 다해 섭정을 했다.
* 송기(宋祈) | 송나라 때의 저명한 사학자. 구양수(歐陽脩)와 함께 『당서』를 편찬하였는데, 위의 글은 그가 쓴 『열전(列傳)』의 「신라전(新羅傳)」에 나온다.
* 기해(祁奚) | 춘추시대 진나라의 대부. 은퇴하면서 후임으로 원수지간이었던 사람을 추천했다.

사다함

사다함斯多숨은 그 계통이 진골 출신으로 내밀왕의 7세손이요, 아버지는 구리지 급찬이다. 본디 높은 가문의 귀한 자손으로, 풍채가 맑고 준수하며 뜻과 기상이 매우 발랐다. 사람들이 그를 화랑으로 받들기를 청하여서 마지못해 화랑이 되었다. 그를 따르는 무리가 무려 1,000명이나 되었는데, 사다함은 그들 모두의 환심을 얻었다.

진흥왕(540~575년)이 이찬 이사부異斯夫에게 명하여 가야국을 습격하게 하였다. 이때 나이가 십오륙 세인 사다함은 전쟁터에 나가겠다고 나섰다. 왕은 나이가 어리다 하여 처음에는 허락하지 않았다. 그러나 그의 요청이 간절하고 의지가 확고하므로, 마침내 그를 귀당비장으로 임명하였다. 그의 낭도 가운데 그를 따라 나서는 자가 많았다. 국경에 이르자 원수에게 청하여 그 휘하의 병사를 거느리고 먼저 전단량으로 들어갔다. 그 나라 사람들은 뜻밖에 군사들이 갑자기 들이닥치자 놀란 나머지 방어를 하지 못했다. 이 틈을 이용하여 본대가 마침내 그 나라를 멸하였다.

　군사가 돌아오자 왕은 그의 전공을 책정하여 가야 사람 300명을 주었다. 그러나 그는 받는 즉시 전부 석방하여 한 명도 남겨 두지 않았다. 또 땅을 주었으나 굳이 사양하였다. 왕이 받을 것을 강하게 권하니, 그제서야 알천에 있는 좋지 않은 땅만을 요청하였다.

　처음에 사다함은 무관랑武官郎과 목숨을 같이 하는 벗이 되기를 약속하였다. 그러나 무관이 병들어 죽자 너무나 슬프게 울다가 7일 만에 죽었다. 그때 나이가 열일곱 살이었다.

제5권

을파소
김후직
녹진
밀우와 유유
명림답부
석우로
박제상
귀산과 세속오계
바보 온달과 평강공주

을파소

을파소乙巴素는 고구려 사람이다.

  국천왕(179~197년) 때의 패자 어비류於畀留와 평자 좌가려左可慮는 왕의 외척이었다. 모두 권세를 부리고 그릇된 행동을 많이 하여, 백성이 원망하고 분개하였다. 왕이 화를 내며 그들을 죽이려 하자, 좌가려 등은 반역을 꾀하게 되는데, 왕이 일부는 죽이고 일부는 귀양을 보냈다.

  그리고 명을 내려 말했다.

  "근자에 벼슬이 측근에게 주어지고, 지위가 덕행에 따라 올라가지 못하는 일이 많아, 그 해독이 백성에게 미치고 왕실을 동요시켰다. 이는 과인이 총명치 못한 탓이었다. 이제 너희 4부에서는 각기 초야에 묻혀 지내는 어진 이들을 추천하도록 하라."

  이에 4부에서 모두 동부의 안류晏留를 추천하였다. 왕이 그를 불러서 국정을 맡기려 하자, 안류가 왕에게 말했다.

  "미천한 저는 용렬하고 어리석어 실로 중대한 나랏일에 참여할 수 없습니다. 서쪽 압록곡 좌물촌에 사는 을파소라는 사람은 유리왕(기원전19~기원후18년)의 대신이었던 을소乙素의 후손입니다. 그는 의지가 강하고 지혜가 깊은데, 세상에 쓰이지 못하여, 농사나 지으며 생계를 유지하고 있습니다. 대왕께서 만일 나라를 다스리려면 이 사람이 아니면 안 될 것입니다."

  왕이 사람을 보내 겸손한 말과 정중한 예로 그를 초빙하였다. 중외대부로 임명한 다음 작위를 더하여 우태于台로 삼으며 말했다.

 "내가 외람되이 조상의 왕업을 계승하여 신하와 백성의 위에 올라서 있으나, 덕과 자질이 부족하여 정치를 잘하지 못하고 있소. 선생이 자질을 감추고 현명함을 드러내지 않은 채 초야에 묻힌 지 오래였으나, 지금 나를 버리지 않고 마음을 고쳐 잡고 이렇게 와주었으니, 이는 비단 나에게 다행한 일일 뿐만 아니라, 나라의 사직과 백성의 복이라오. 가르침을 받고자 하오니, 공은 마음을 다하여 주기 바라오."
 파소가 뜻은 비록 나랏일에 가 있었으나, 맡은 바 직위가 일을 하기에는 부족하다고 생각하여 말했다.
 "신은 미련하고 게을러 감히 존엄하신 명령을 감당할 수 없습니다. 바라건대 대왕께서는 어진 사람을 뽑아 높은 관직을 주시고, 큰일을 이루시옵소서."

왕이 그의 뜻을 알고 곧 국상國相을 제수하여 정사를 맡겼다.

조정의 신하들과 외척들은, 파소가 새로 등용되어 이전의 대신들을 이간질한다 하여, 그를 미워하였다. 왕은 교서를 내려 말했다.

"귀천을 막론하고 만약 국상에게 복종하지 않는다면 일족을 멸하리라."

파소가 물러 나와서 사람들에게 말했다.

"때를 만나지 못하면 숨어 살고, 때를 만나면 벼슬을 하는 것은 선비로서의 떳떳한 행동이다. 이제 임금께서 나를 후의로 대우하시니, 어찌 다시 예전에 숨어 살던 때를 생각하랴?"

그리고는 지성껏 나라에 봉사하여 정치를 밝게 하고 상벌을 신중하게 처리하였다. 그러자 백성이 편안하고 나라 안팎이 무사하였다.

왕이 안류에게 말했다.

"만일 그대의 말 한마디가 없었다면, 내가 어찌 을파소를 얻었을 것이며, 그와 함께 다스렸겠느냐. 지금 모든 보람이 이루어진 것은 그대의 공로로다."

곧 안류를 대사자로 임명하였다. 산상왕 7년(203년) 가을 8월에 파소가 죽자 백성이 통곡하였다.

김후직

김후직金后稷은 지증왕의 증손이다. 그는 진평대왕(579~631년)을 섬겨 이찬이 되었다가 병부령으로 전직하였다.

대왕이 사냥을 몹시 좋아하자 후직이 간하였다.

"하루에도 온갖 정사를 보살피면서 옛날 임금들은 반드시 깊고 널리 생각하였습니다. 주변에는 바른 선비를 두고 그들의 바른 말을 받아들였으며, 부지런하고 꾸준히 노력하여 감히 안일하고 편안할 생각을 품지 못했습니다. 이러한 뒤에야 덕이 넘치는 정치로 국가를 보전할 수 있었습니다.

그런데 지금 전하께서는 어떠십니까. 날마다 미친 자들과 포수를 데리고, 매와 사냥개를 놓아 꿩과 토끼를 잡는 데 온통 정신이 팔려, 산과 들로 뛰어다니십니다.

노자老子는 '말 달리며 사냥하는 일은 사람의 마음을 미치게 한다.' 고 하였으며, 『서경』에는 '안으로 여색에 빠지거나 밖으로 사냥을 일삼는 것 가운데 한 가지만 저질러도 망하지 않는 자가 없다.' 고 하였습니다.

이를 보면 사냥은 안으로 마음을 방탕하게 하고, 밖으로 나라를 망치는 것이니 반성하지 않을 수 없습니다. 전하께서는 이를 유념하소서."

그러나 왕은 말을 듣지 않았다. 다시 간절하게 충언하였으나 결국 받아들여지지 않았다.

그 후 후직이 병들어 죽음을 앞두게 되었을 때 자기의 세 아들에게 말했다.

"내가 신하로서 임금의 단점을 바로잡아 주지 못하였다. 아마 대왕은 놀고 즐기는 일을 그만두지 않아 패망하게 될 것이다. 이것이 내가 근심하는 바이다. 죽어서라도 꼭 임금을 깨우쳐 주려 하니, 나의 시체를 대왕이 사냥 다니는 길옆에 묻어라."

　세 아들은 그의 유언대로 실행하였다.

　뒷날 왕이 사냥을 가는데, 도중에 어렴풋한 소리가 들렸다. 마치 '가지 말라'고 하는 것 같았다. 왕이 돌아보며 일행에게 물었다.

　"소리가 어디서 나느냐?"

　"저것은 후직 이찬의 무덤입니다."

　그제야 일행은 후직이 죽을 때 남긴 말을 전해 주었다. 대왕이 눈물을 흘리면서 말했다.

　"그대는 충성으로 간언하고 죽어서도 잊지 않는구나. 나에 대한 사랑이 깊도다. 끝내 잘못을 고치지 않는다면, 살아서나 죽어서나 무슨 낯으로 대하겠는가."

　마침내 왕은 다시는 사냥을 하지 않았다.

녹진

녹진祿眞의 성과 자는 자세하지 않다. 아버지는 수봉 일길찬이다.

스물세 살에 비로소 관직에 올라, 여러 차례 안팎의 직책을 역임하다가, 헌덕왕 10년(818년)에 집사시랑이 되었다. 14년에 국왕이 대를 이을 아들이 없으므로 왕의 아우 수종을 태자로 삼아 월지궁에 들게 하였다.

이때 충공忠恭 각간이 상대등이 되어 정사당에 앉아서 모든 관원을 다스렸다. 하루는 퇴근하여 집에 있다가 병이 들었다. 의사를 불러 진맥하니 그가 말했다.

"심장에 병이 있으니 용치탕을 복용해야 합니다."

그는 곧 21일 동안의 휴가를 얻어 문을 닫고 손님을 만나지 않았다. 녹진이 가서 만나기를 청하였으나, 문지기가 이를 거절하였다. 녹진이 말했다.

"나는 상공께서 병 때문에 빈객을 사절하는 것을 모르는 바 아니다. 그러나 꼭 한마디 말씀을 드려서, 답답한 근심을 풀어 드려야겠기에 이렇게 온 것이다. 만나지 않고는 물러갈 수 없다."

문지기가 두세 번 이 뜻을 전하자 충공은 그를 불러들여 만나 주었다. 녹진이 들어가 말했다.

"귀중한 몸이 편치 않다고 들었습니다. 아마도 아침 일찍 출근하고 저녁 늦게 퇴근하느라, 바람과 이슬을 맞아 혈기의 조화를 손상시켜, 몸이 편안하지 않은 것이지요?"

"그렇게까지 되지는 않았네. 다만 머리가 멍하고 정신이 상쾌하지 못할 뿐이지."

"그렇다면 공의 병은 약이나 침으로 고쳐지지 않겠군요. 지극한 말과 고상한 이야기로 단번에 고칠 수 있습니다. 공께서 들어주시겠습니까?"

"그대가 나를 멀리 여기지 않고 와주니 고맙군. 좋은 말을 들려주어 내 가슴속을 씻어 주기 바라네."

"목수가 집을 지을 때로 예를 들어 보지요. 큰 재목으로는 들보와 기둥을 만들고, 작은 재목으로는 서까래를 만듭니다. 굽은 것과 바른 것이 각각 알맞게 자리 잡아야지요. 그런 뒤에야 큰집이 지어집니다.

옛날에 어진 재상이 정치를 하는 법도도 무엇이 이와 달랐겠습니까?

재능이 많은 자는 높은 자리에 앉히고, 재능이 적은 자는 가벼운 소임을 맡기지요. 안으로 육관*의 온갖 집사와 밖으로 방백, 연솔, 군수, 현령까지 조정에 빈 직위가 없고, 직위마다 부당한 자가 없어서, 위아래가 가지런하고 현명함과 불초함을 구분합니다. 그렇게 한 뒤에야 왕정이 이루어졌습니다.

그런데 지금은 그렇지 못합니다. 사사로운 감정에 이끌려 공적인 일을 그르치고, 사람을 위하여 관직을 고르기 때문에, 그 사람이 마음에 들면 재능이 없어도 아주 높은 직을 주려 하고, 그 사람을 미워하면 유능하더라도 구렁텅이에 빠뜨리려 합니다. 취하고 버림이 마음을 혼란스럽게 하고, 옳고 그름이 뜻을 어지럽게 하지요.

그러니 나랏일이 혼탁해질 뿐 아니라, 그 일을 담당하는 사람도 괴롭고 병이 날 것입니다.

만일 관직에 있으면서 청렴결백하고 일에 근신하며, 뇌물이 오가는 문을

---

* 육관(六官) | 중국의 고대부터 중앙정부를 천지와 춘하추동의 여섯 부서로 나눈 데서 유래한다. 각각 치(治)·교(敎)·예(禮)·병(兵)·형(刑)·사(事)를 맡았다.

막고 청탁의 폐단을 멀리하며, 승진과 강등을 오직 그 사람의 총명함에 따르고, 관직을 주고 빼앗는 것을 감정에 따르지 않는다면, 마치 저울로 달아 무게를 잘못 가릴 일 없고, 먹줄을 쳐서 바름을 속이지 못하는 것과 같지요.

이렇게 되면 정치와 형벌이 믿음직스럽고 국가가 화평해지지요. 비록 공손홍*과 같이 문을 활짝 열어 놓고, 조참*과 같이 잔치를 베풀어 친구들과 한가히 놀아도 좋을 것입니다. 어찌 약만 먹어 대고 부질없이 날짜를 보내며, 공직에서 손 놓고 있으려 하십니까?"

충공 각간이 이 말을 듣자 의원을 사절하여 보내고 수레를 타고 왕궁으로 들어갔다. 왕이 각간에게 말했다.

"경은 날을 정해 놓고 약을 먹는다더니 어찌하여 조정에 나왔는가?"

"신이 녹진의 말을 들으니 약석藥石과 같았습니다. 어찌 용치탕을 마시는 것에 비교하겠습니까."

그는 그 자리에서 왕에게 녹진의 말을 낱낱이 고하였다. 왕이 말했다.

"과인은 임금이 되고, 경은 재상이 되었는데, 이와 같이 바른말 하는 사람이 있으니 얼마나 기쁜 일인가? 태자에게 알려야겠다. 월지궁으로 가자."

태자가 이 말을 듣고 들어와서 칭찬하였다.

"일찍이 임금이 명철하면 신하가 바르다고 들었습니다. 이 역시 나라의 아름다운 일입니다."

그 뒤에 웅천주 도독 헌창憲昌이 반란을 일으켰다. 왕이 군사를 발동하여 이를 치는데, 녹진이 군대에 나가 공로가 있었으므로, 왕이 대아찬 벼슬을 주었다. 그러나 그는 사양하고 이를 받지 않았다.

밀우와 유유

밀우密友와 유유紐由는 모두 고구려 사람이다.

동천왕 20년(247년)의 일이었다. 위나라 유주자사 관구검毌丘儉이 군사를 거느리고 침입하여 환도성을 함락시켰다. 왕은 성에서 나와 도주하였다.

장군 왕기王頎가 왕을 추격하였다. 왕이 남옥저로 달아나기 위하여 죽령에 이르렀을 때, 군사들은 거의 모두 흩어지고, 다만 동부의 밀우 혼자 그 옆에 있다가 왕에게 말했다.

"이제 추격해 오는 군사가 매우 가까이 있으니 형세가 급박하게 되었습니다. 신이 결사적으로 막겠사오니 왕께서는 몸을 숨기소서."

밀우는 드디어 결사대를 모집하여 함께 적진으로 달려가 힘껏 싸웠다. 왕은 이 틈을 타서 겨우 탈출하였다.

왕은 가다가 산골짜기로 들어가 흩어진 군사를 모아 방어하면서 말했다.

"만일 밀우를 찾아올 수 있는 사람이 있으면 그에게 후한 상을 주겠다."

하부의 유옥구劉屋句가 앞으로 나서면서 대답했다.

"신이 가 보겠습니다."

그는 곧 싸움터로 가서 땅에 쓰러져 있는 밀우를 발견하고 즉시 업어 왔다. 그는 왕이 무릎을 베어 주고 한참이 지난 뒤에야 다시 살아났다.

---

* 공손홍(公孫洪) | 한나라 때 사람으로, 친구들에게 자기의 봉급을 다 나누어 주어 집에 남은 것이 없다 한다.
* 조참(曹參) | 한나라 때 사람으로, 밤낮으로 벗들과 어울려 술을 즐겼다.

 왕은 샛길을 헤매다가 남옥저에 이르렀다. 그러나 위나라 군사는 추격을 멈추지 않았다. 왕은 마땅한 방법도 없고 형세도 궁하여 어찌할 줄을 몰랐다. 이때 동부 사람 유유가 왕에게 말했다.
 "형세가 매우 위급하니 그냥 죽을 수는 없습니다. 신에게 어리석은 계책이 있사온 바, 음식을 차려서 위나라 군사를 한턱 먹이는 체하다가, 틈을 타서 저들의 장수를 찔러 죽이겠습니다. 만일 신의 계책이 이루어진다면 이때 왕께서 공격하여 승부를 결판내소서."
 "좋다."
 유유가 위나라의 군대 안으로 들어가서 거짓 항복하는 체하며 말했다.
 "우리 임금이 대국에 죄를 짓고 도망하여 바닷가에 이르렀으나 몸 둘 곳이 없습니다. 이제 곧 나와서 항복하고 처벌을 받으려 하는데, 먼저 저를 보내, 변변치 않은 음식이지만 여러분이 드시게 마련하였습니다."

위나라의 장수가 이 말을 듣고 항복을 받으려 하였다. 유유는 칼을 음식 그릇에 숨겼다가 앞으로 달려들었다. 칼을 뽑아 위나라 장수의 가슴을 찌르고 그와 함께 죽었다. 이 때문에 위나라 군대는 갑자기 혼란스러워졌다.

왕은 군사를 세 길로 나누어 바로 그들을 공격하였다. 위나라 군대가 혼란해져 진을 정비하지 못하고 마침내 낙랑으로부터 물러갔다.

서울로 돌아와서 왕이 전투의 공적을 따졌는데, 밀우와 유유의 공로를 첫째로 삼았다. 밀우에게 거곡과 청목곡을 하사하고, 유옥구에게 압록강의 두눌하원을 하사하여 그들의 식읍食邑으로 삼았다. 한편 유유에게는 벼슬을 추증追贈하여 구사자로 하고, 또한 그의 아들 다우多優를 대사자로 삼았다.

명림답부

명림답부明臨答夫는 고구려 사람이다. 신대왕(165~179년) 때 국상이 되었다.

한나라 현토태수 경림耿臨이 대군을 출동시켜 고구려를 침공하려 하였다. 왕이 여러 신하에게 공격과 방어 가운데 무엇이 유리할지 물었다. 사람들이 의논하여 말했다.

"한나라 군사는 병사의 수가 많은 것을 믿고 우리를 업신여기고 있습니다. 만약 나아가 싸우지 않는다면 저들은 우리를 비겁하다 하여 자주 올 것입니다. 반면에 우리나라는 산이 험하고 길이 좁으니, 이야말로 한 명이 관문을 지켜도 만 명이 당하지 못하는 격입니다. 따라서 한나라 군사가 비록 많다고 하지만 우리를 어찌하지 못할 것입니다. 군사를 출동시켜 방어하시기 바랍니다."

답부가 말했다.

"그렇지 않습니다. 한은 나라가 크고 백성이 많으며, 지금 정예병이 멀리 와서 싸우니, 그 예봉을 당해 낼 수 없습니다. 또한 군사가 많은 쪽은 마땅히 쳐들어가야 하고, 군사가 적은 쪽은 지켜야 하는 것이 싸움의 원칙입니다. 지금 한나라 사람들은 천 리 길에 군량을 운반해 왔으므로 오랫동안 버티지는 못할 것입니다. 만약 우리가 구덩이를 깊이 파고, 보루를 높이 쌓으며, 들판을 비워 놓고 기다린다면, 저들은 틀림없이 한 달을 넘기지 못해 굶주리고 피곤하여 돌아갈 것입니다. 그때 우리가 강병을 앞세워 추격한다면 뜻을 이룰 수 있을 것입니다."

왕이 그렇게 여겨 성문을 닫고 굳게 지켰다.

한나라 사람들이 공격하였으나 승리하지 못하고, 장수와 졸병들이 굶주렸으므로 돌아갔다. 답부가 수천 명의 기병을 거느리고 추격하여 좌원에서 교전하였는데, 한나라 군사가 대패하여, 단 한 필의 말도 돌아가지 못하였다. 왕이 크게 기뻐하여 답부에게 좌원과 질산을 내려 주고, 그의 식읍으로 삼게 하였다.

15년(179년) 가을 9월에 죽으니 나이가 113세였다. 왕이 직접 가서 애통해 하며 7일 동안 조회를 금하였으며, 예를 갖추어 질산에 장사하고 묘지기 스무 집을 두었다.

석우로

석우로昔于老는 내해 이사금의 아들이다.

조분왕 2년(231년) 7월, 이찬으로서 대장군이 되어 감문국을 토벌하여 격파하고, 그 지역을 군현으로 만들었다.

4년(233년) 7월에 왜인이 침략해 오자 우로가 사도에서 맞아 싸웠다. 그가 바람을 이용하여 불을 질러 적의 전함을 불태우자 적들은 물로 뛰어들어 모두 죽었다.

그는 15년(244년) 정월에 서불한으로 승급되고 동시에 병마사도 겸하였다.

16년(245년), 고구려가 북쪽 변경을 침범하였다. 우로가 이들을 쳤으나 승리하지 못하고 퇴각하여 마두책을 지켰다. 밤이 되자 군사들은 몹시 추웠다. 우로가 직접 다니며 위로하면서 불을 피워 따뜻하게 해주니, 여러 사람이 진심으로 기뻐하며, 마치 솜을 두르고 있는 것같이 여겼다.

첨해왕이 왕위에 있을 때, 이전부터 신라에 속해 있던 사량벌국이 갑자기 배반하여 백제로 투항하자, 우로가 군사를 거느리고 가서 토벌하여 멸망시켜 버렸다.

7년(253년)에 왜국 사신 갈나고가 사관에 와 있었다. 우로가 주인처럼 행세하며 손님에게 다음과 같은 농담을 건넸다.

"조만간에 너희 국왕을 염전의 노비로 만들고, 너희 왕비는 밥 짓는 여자로 만들겠다."

왜왕이 이 말을 듣고 노하여 장군 우도주군于道朱君을 보내 신라를 공격하

였다. 대왕은 유촌에 나가 있었다.

우로가 말했다.

"지금의 환란은 제가 말을 조심하지 않은 데에서 비롯하였습니다. 제가 책임을 지겠습니다."

우로는 마침내 왜군에게 가서 말했다.

"전일에 한 말은 농담일 뿐이었는데, 이렇게 군사를 일으킬 줄이야 어찌 생각했으랴?"

왜인은 대답하지 않고 그를 붙잡아, 장작을 쌓아 그 위에 얹혀 불태워 죽인 다음 가 버렸다.

우로의 아들은 어려서 몸이 약한 탓에 걸음을 걷지 못했다. 다른 사람이 항상 그를 안아다가 말에 태워 집으로 돌아왔는데, 뒤에 흘해 이사금이 되었다.

미추왕 때였다. 왜국 대신이 예방하여 왔다. 우로의 아내는 왕에게 부탁하여, 왜국 사신을 개인적으로 대접할 기회를 얻었다. 왜국의 사신이 흠뻑 술에 취하였을 때, 그녀는 장사를 시켜 그를 뜰에 내려놓고 불에 태워 남편의 원수를 갚았다.

왜인들이 분개하여 금성(경주)으로 쳐들어왔다. 그러나 승리하지 못하고 돌아갔다.

따져 보면 이렇다.

우로가 당시 대신으로서 군국의 사무를 맡아, 싸우면 반드시 이기고, 비록 이기지 못하더라도 패하지는 않았으니, 그의 꾀가 틀림없이 남보다 뛰어난 점이 있었을 것이다.

그러나 말 한마디를 잘못함으로써 스스로 죽음의 길로 들어섰다. 또 두 나라 사이에 싸움까지 일으켰다. 그의 아내가 원수를 갚을 수 있었으나, 이 또한 변칙이요 올바른 길은 아니었다. 만약 그렇지 않았다면 그의 공적도 기록에 남길 만하였다.

박제상

　박제상朴堤上은 신라의 시조 혁거세의 후손이요, 파사 이사금의 5세손이다. 할아버지는 아도 갈문왕이었으며, 아버지는 물품 파진찬이었다.
　　제상은 벼슬길에 나가서 삽량주의 간干이 되었다.
　　이보다 앞서 실성왕 원년(402년)에 왜국과 화친을 맺을 때였다. 왜왕이 내물왕의 아들 미사흔을 인질로 요구하였다. 실성왕은 일찍이 내물왕이 자기를 고구려에 인질로 가게 한 것을 원망하고 있었다. 그래서 그 아들에게 분풀이를 하고자 했으므로 왜왕의 요구를 거절하지 않고 그를 인질로 보냈다. 11년(424년) 고구려에서도 미사흔의 형 복호를 인질로 요구하였다. 대왕이 마저 그를 보냈다.
　　눌지왕이 즉위하자 말 잘하는 이를 구하여 그들을 데려오기로 하였다. 대왕은 수주촌의 간인 벌보말과 일리촌의 간인 구리내와 이이촌의 간인 파로 세 사람이 어질고 지혜롭다는 말을 듣고, 그들을 불러 물었다.
　　"나의 아우 두 사람이 왜국과 고구려 두 나라에 인질로 가서 여러 해 동안 돌아오지 못하고 있다. 형제인 까닭에 보고 싶은 생각을 억제할 수 없구나. 살아 돌아오게 하고 싶은데, 어떻게 하면 좋겠느냐?"
　　"저희는 삽량주의 간 제상이 굳세고 용감하며 꾀가 있다 들었습니다. 그가 충분히 전하의 근심을 풀어 드릴 수 있을 것입니다."
　　이에 제상을 불렀다. 세 신하의 말을 전하며 고구려로 가기를 요청했다. 제상이 대답했다.

"제가 비록 어리석고 불초하나 어찌 감히 명령을 받들지 않겠습니까?"

제상은 드디어 예의를 갖추고 고구려로 들어가서 왕에게 말했다.

"저는 이웃 나라와 교제하는 도리가 성실과 신의뿐이라 들었습니다. 만일 인질을 서로 주고받는다면 이는 오패*만도 못하지요. 실로 말세에나 나올 짓거리입니다. 지금 우리 임금의 사랑하는 아우가 여기서 생활한 지 거의 10년이 됩니다. 우리 임금은 척령*이 들판에 있는 듯 오래도록 잊지 못하고 있습니다. 만약 대왕이 고맙게도 그를 돌려보내 주신다면, 이는 마치 구우일모九牛一毛 곧 아홉 마리 소에서 털이 하나 빠진 것과 같아, 대왕에게는 손해될 것이 없으나, 우리 임금은 한없이 대왕의 유덕함을 칭송하게 될 것입니다. 왕께서는 이 점을 깊이 생각해 주소서."

"좋다."

고구려의 왕은 그들이 함께 돌아가는 것을 허락하였다. 신라의 왕은 기뻐하고 위로하면서 제상에게 말했다.

"나는 두 아우 생각하기를 좌우의 두 팔과 같이 하는데, 이제 다만 한 팔만 찾았으니, 이를 어찌해야 하는가?"

"제가 비록 재주 없고 둔하오나 이미 몸을 나라에 바쳤으니, 끝까지 왕의 명령을 욕되게 하지 않겠습니다. 그러나 고구려는 대국이고 왕 또한 어진 이였기 때문에 신이 말 한마디로 그를 깨우칠 수 있었습니다. 왜인들은 말로 달랠 수 없으니 속임수를 써서 왕자를 돌아오게 해야 합니다. 제가 저곳에 가거든, 신라에 반역하였다는 죄를 씌우고, 이 소식이 저들의 귀에 들어가게 하소서."

제상은 이에 죽기를 맹세하고 아내와 자식들도 만나지 않은 채 율포로 가서 배를 타고 왜나라로 향하였다. 그의 아내가 이 소문을 듣고 포구로 달려 나갔다. 배를 바라보며 크게 울면서 외쳤다.

"잘 다녀오십시오."

그러자 재상이 부인을 돌아보면서 말했다.

"내가 왕의 명령을 받들고 적국으로 들어가는 것이다. 그대는 다시 만날 기대일랑 하지 마시오."

드디어 그 길로 곧장 왜나라에 들어갔다. 그는 마치 반역을 저지르다 그곳에 온 것처럼 행동하였다. 그러나 왜왕이 쉽게 믿지 않았다.

그런데 그보다 얼마 전이었다. 백제 사람이 왜나라에 가서 '신라와 고구려가 모의하여 왕의 나라를 침공하려 한다.'고 거짓말을 한 적이 있었다. 그때 왜나라에서는 군사를 보내 신라 국경 밖에서 염탐하게 하였다. 마침 고구려가 쳐들어와 왜나라의 염탐꾼을 모두 잡아 죽였다. 이러한 사실 때문에

---

* 오패(五霸) | 춘추시대 다섯 명의 패왕. 책에 따라 차이가 있으나, 대개 제나라 환공, 진나라 문공, 초나라 장왕, 오나라 왕 합려, 월나라 왕 구천을 말한다.
* 척령(鶺鴒) | 할미새를 이르는데, 늘 꽁지를 위아래로 흔들어, 위급하거나 곤란한 일을 비유할 때 쓰인다.

왜왕은 백제 사람의 말을 사실로 여겼다.

또한 신라왕이 미사흔과 제상의 가족을 가두었다는 소식을 접하자, 제상이 정말 배반자라고 믿게 되었다.

왜나라는 군사를 출동시켜 신라를 습격하기로 하고, 제상과 미사흔을 장수 겸 길잡이로 삼았다.

행렬이 어느 바다의 섬에 이르자 왜나라의 여러 장수는, 신라를 멸망시킨 뒤에 제상과 미사흔의 처자를 데려오자고 은밀히 의논하였다. 제상이 이를 알고 미사흔과 함께 배를 타고 놀면서, 마치 물고기와 오리를 잡는 것같이 행동하였다. 왜나라 사람들은 이것을 보고 그들에게 다른 마음이 없다고 좋아하였다.

이때 제상이 미사흔에게 슬며시 본국으로 돌아갈 것을 권했다. 미사흔은 제상에게 말했다.

"내가 장군을 아버지처럼 받들고 있는데 어찌 나 혼자 돌아가겠는가?"

"만약 두 사람이 함께 떠난다면 일이 성사되지 않을까 염려됩니다."

미사흔은 제상의 목을 껴안고 울면서 작별을 하고 돌아왔다.

제상은 방 안에서 혼자 자다가 늦게야 일어났다. 이는 미사흔이 멀리 달아나도록 하기 위해서였다. 여러 사람이 물었다.

"장군은 왜 늦게 일어나느냐?"

"전날 배를 탔더니 피곤하여 일찍 일어날 수가 없소."

그가 밖으로 나오자 왜나라 사람들은 그제야 미사흔이 도망간 것을 알았다. 제상을 결박해 놓은 채 배를 풀어 추격하였다. 때마침 안개가 매우 짙게 끼어서 아무것도 보이지 않았다. 왜나라 사람들은 제상을 왕이 있는 곳으로 돌려보내고, 곧바로 목도로 유배시켰다가, 얼마 지나지 않아 장작불로 온몸을 태운 뒤에 목을 베었다.

신라의 왕이 이 소식을 들었다. 왕은 애통해하며 대아찬이라는 벼슬을 내려 주고, 그의 식구들에게 많은 물건을 보내 주었다. 미사흔에게는 제상의 둘째 딸을 데려다가 아내를 삼게 하여 은혜에 보답하도록 하였다.

   처음에 미사흔이 돌아올 때였다. 대왕은 6부에 명령하여 멀리 나가서 그를 맞게 하였으며, 그를 만나게 되자 손을 잡고 서로 울었다. 형제들이 모여 술자리를 마련하고 마음껏 즐겼으며, 왕은 춤과 노래를 지어 자신의 뜻을 나타냈다.

   지금 향악 가운데 근심이 사라졌다는 뜻의 「우식곡憂息曲」이 그 노래다.

귀산과 세속오계

귀산貴山은 사량부 사람인데, 아버지는 무은 아간이다. 젊어서 같은 부에 있는 사람 추항箒項을 벗으로 삼았다. 두 사람은 서로 말했다.

"우리는 선비나 군자와 함께 교유하기를 기대하고 있지. 그런데도 먼저 마음을 바르게 하고 몸을 닦지 않는다면, 치욕을 당하지 않을 수 없을 것이야. 어찌 어진 사람 옆에서 도를 배우지 않겠는가?"

당시에 원광圓光 법사가 수나라에 유학을 다녀와서 가실사에 있었는데, 그때 사람들이 그를 높이 예우하였다.

귀산과 추항이 그가 사는 곳에 가서 옷자락을 여미고 공손히 말했다.

"저희는 속세의 선비일 뿐입니다. 어리석고 몽매하여 아는 것이 없사오니, 한 말씀 해주십시오. 평생의 계명으로 삼겠습니다."

"불교의 계율에 보살계라는 것이 있다네. 그것은 열 가지로 구별되어 있으나, 그대들이 세상에서 임금의 신하로 살고 있으니, 아마 감당할 수 없을 것이오. 대신에 세속오계世俗五戒를 드리지.

첫째는 임금을 충성으로 섬기는 것이요, 둘째는 부모를 효성으로 섬기는 것이요, 셋째는 벗을 신의로 사귀는 것이요, 넷째는 전쟁에 임하여 물러서지 않는 것이요, 다섯째는 살아 있는 것을 죽일 때는 가려서 죽여야 한다는 것이야.

그대는 이를 소홀하게 여기지 말고 실행하라."

"다른 것은 말씀대로 하겠습니다만, 이른바 살아 있는 것을 죽일 때는 가려야 한다는 말씀만은 잘 모르겠습니다."

"육재일*과 봄여름에는 살생치 아니한다는 뜻인데, 이는 죽이는 시기를 선택하는 것이지. 가축은 죽이지 않는 법이니, 이는 말·소·닭·개를 죽여서는 안 된다는 뜻이야. 하찮은 것을 죽여서도 안 돼. 고기 한 점도 되지 못하는 것을 죽여서는 안 된다는 것이다. 이는 죽이는 대상을 선택하는 것이다. 이와 같이 오직 소용되는 경우에만 죽이고, 그 이상은 죽이지 말라. 이는 세속의 좋은 계율이라고 할 만하다."

"지금부터는 이 가르침을 받들어 두루 실행하고, 감히 어기는 일이 없을 것입니다."

진평왕 건복 24년(602년) 가을 8월이었다. 백제가 대대적으로 군사를 동원하여 아막성을 포위했다. 왕은 장군 파진간 건품, 무리굴, 이리벌, 급간 무은, 비리야 등에게 군사를 주어 이를 방어하게 하였다. 이때 귀산과 추항은 소감이라는 관직에 있으면서 함께 전선으로 나갔다.

그 무렵 백제가 패하여 천산의 연못으로 물러가 군사를 매복시킨 채 기다리고 있었다. 신라 군사는 진격하다가 힘이 다하여 돌아왔다. 무은은 후군이 되어 군대의 맨뒤에 오고 있었는데, 복병이 갑자기 튀어나와 갈고리로 그를 잡아당겨 떨어뜨렸다. 귀산이 크게 외쳤다.

"내 일찍이 스승에게 군사는 적군을 만나 물러서지 않는다고 들었다. 어찌 이렇게 패하여 달아날 수 있으랴?"

적을 쳐서 수십 명을 죽였다. 그런 다음 자기 말에 아버지를 태워 보내고, 추항과 함께 창을 휘두르며 힘껏 싸웠다. 여러 군사가 이를 보고 분발하여

---

* 육재일(六齋日) | 불교에서 매월 8, 14, 15, 23, 29, 30일에 재를 올리는 것.

진격하였다. 쓰러진 시체가 들판을 메우고, 말 한 필에 수레 한 채도 돌아가지 못하였다.

 그러나 귀산 등은 온몸이 창칼에 찔려 돌아오는 도중에 죽었다. 왕은 여러 신하와 함께 아나의 들판에서 그들을 맞이하였다. 왕은 그들의 시체 앞으로 나아가 통곡하고, 예를 갖추어 장사 지냈다.

 귀산에게는 나마를, 추항에게는 대사를 각각 내려 주었다.

바보 온달과 평강공주

쫓겨난 평강공주

온달溫達은 고구려 평강왕* 때 사람이다. 얼굴이 험악하고 우스꽝스럽게 생겼지만 마음씨는 밝았다.

집안이 몹시 가난하여 항상 밥을 빌어 어머니를 봉양하였다. 떨어진 옷과 신발을 걸치고 길거리를 돌아다니므로 사람들은 그를 '바보 온달'이라 불렀다.

평강왕의 어린 딸이 곧잘 울었다. 왕은 농담 삼아, "네가 항상 울어서 내 귀를 시끄럽게 하는구나. 커서 틀림없이 사대부의 아내가 못 될 게야. 바보 온달에게 시집보내야지." 하였다. 왕은 울 때마다 그렇게 말했다.

딸의 나이가 열여섯 살이 되었다. 왕이 상부 고씨에게 시집보내려 하자 공주가 대답했다.

"아버님께서 항상 말씀하셨지요. 너는 반드시 온달의 아내가 되리라고요. 이제 와서 말씀을 바꾸시는 건 무슨 까닭이십니까? 보통 사람도 거짓말을 해서는 안 되는데, 하물며 가장 높은 자리에 계신 분이야 말할 것이 있겠습니까? 예로부터 '임금은 농담을 하지 않는다.' 고 하였습니다. 아버님의 명령이 잘못되었으므로 소녀는 감히 받들지 못하겠습니다."

왕은 화를 내어 말했다.

---

* 평강왕(平岡王) | 평원왕(平原王, 559~590년)이라고도 불린다.

"네가 내 말을 듣지 않는다면 정말로 내 딸이라 할 수 없다. 어찌 함께 살 수 있겠느냐? 너는 너 갈대로 가는 것이 좋겠다."

이에 공주는 보물 팔찌 수십 개를 팔꿈치에 걸고 궁궐을 나와 혼자 길을 떠났다.

공주가 온달의 집에 가다

길에서 한 사람을 만나 온달의 집을 물어 그의 집까지 찾아갔다. 그리고 눈먼 어머니를 보고 앞으로 가까이 다가가서 절을 하며 물었다.

"아드님은 어디에 계신가요?"

"내 아들은 가난하고 보잘것없으니, 귀한 사람이 가까이 할 만하지 못합니다. 지금 그대의 냄새를 맡으니 향기가 보통이 아니고, 그대의 손을 만지니 부드럽기가 솜과 같구려. 반드시 천하의 귀한 사람인 듯합니다. 누구의 속임수로 여기까지 오게 되었소? 내 자식은 굶주림을 참다 못해 느릅나무 껍질을 벗기려고 산속으로 간 지 오래요. 아직 돌아오지 않았지요."

공주가 그 집을 나와 산 밑에 이르렀을 때, 온달이 느릅나무 껍질을 지고 오는 것을 보았다. 공주가 그에게 자기의 생각을 이야기하니 온달이 불끈 화를 내며 말했다.

"이는 어린 여자가 할 행동이 아니오. 반드시 사람이 아니라 여우나 귀신일 터, 나에게 가까이 오지 마라."

온달은 그만 돌아보지도 않고 가 버렸다.

공주는 혼자 돌아와 사립문 밖에서 자고, 이튿날 아침에 다시 들어가서 어머니와 아들에게 자세한 사정을 이야기하였다. 온달은 우물쭈물하며 결정을 내리지 못하였다. 그러자 그의 어머니가 공주에게 말했다.

"내 자식은 비천해서 귀한 사람의 짝이 될 수 없고, 내 집은 몹시 가난하여 정말로 살 수 없다오."

"옛 사람의 말에, '한 말의 곡식도 방아를 찧을 수 있고, 한 자의 베도 꿰맬 수 있다.' 고 하였습니다. 만일 마음만 맞는다면 어찌 꼭 부귀해야만 같이 살겠습니까?"

말을 마치고 공주가 금팔찌를 팔아서 전지, 주택, 노비, 우마, 기물 등을 사들이니 살림 용품이 모두 갖추어졌다.

장군으로서 영예로운 생애

처음에 말을 살 때 공주가 온달에게 일렀다.

"부디 시장의 말을 사지 말고, 나라에서 쓸모없다고 판단하여 백성에게 파는 말을 고르세요. 그 가운데 병들고 수척한 말을 골라 사오세요."

온달은 이르는 대로 말을 사왔다. 공주는 부지런히 말을 길렀다. 말은 날로 살찌고 건장해졌다.

고구려에서는 언제나 봄 3월 3일을 맞아 하늘과 산천의 신령에게 제사를 지냈다. 낙랑 언덕에 모여, 사냥하여 잡은 돼지와 사슴을 바쳤다. 그날이 되자 왕은 사냥을 나갔다. 여러 신하와 5부의 군사들이 모두 수행하였다.

온달도 자기가 기르던 말을 타고 따라갔다. 그는 항상 앞장서서 달리고, 잡은 짐승도 많아서 남들이 따르지 못했다. 왕이 불러서 성명을 묻더니, 놀랍고 기이하게 여겼다.

이때 후주의 무제*가 군사를 출동시켜 요동을 공격하였다. 왕은 군사를 거느리고 배산 들에서 맞아 싸웠다. 온달은 선봉장이 되어 용감하게 싸워 수십여 명의 목을 베니, 여러 군사가 이 기세를 타고 공격하여 크게 이겼다.

---

* 후주(後周)의 무제(武帝) | 중국의 남북조시대 북주(北周)의 무제(560~578년)를 말함.

　공적을 논의할 때 온달을 제일이라고 하지 않는 사람이 없었다. 왕이 그를 가상히 여기어 감탄하기를, "이 사람은 나의 사위다." 하고, 예를 갖추어 영접하고 벼슬을 주어 대형으로 삼았다. 그에 대한 왕의 은총이 더욱 두터워졌으며, 위풍과 권세가 날로 성하여졌다.
　양강왕*이 즉위하자 온달이 아뢰었다.
　"지금 신라가 우리의 한강 북쪽 지역을 차지하여 자기의 군현으로 만들었습니다. 그곳의 백성이 통탄하며, 부모의 나라를 잊지 못하고 있습니다. 대왕께서 저를 어리석고 불초하다고 여기지 마시고, 군사를 주신다면 단번에 우리 땅을 도로 찾겠습니다."

왕은 이를 허락하였다. 그가 길을 떠날 때 맹세했다.

"계립현과 죽령 서쪽의 땅을 우리에게 귀속시키지 않으면 돌아오지 않겠습니다."

드디어 길을 떠나 아단성* 밑에서 신라군과 싸우다가, 날아오는 화살에 맞아 전사하였다. 사람들이 장사 지내려 하였으나 영구靈柩가 움직이지 않았다. 공주가 와서 관을 어루만지면서 말했다.

"삶과 죽음이 이미 결정되었으니, 아아, 돌아가소서!"

그런 다음 영구를 들어 하관하였다. 대왕이 이 소식을 듣고 비통해하였다.

---

* 양강왕(陽岡王) | 양원왕(陽原王, 545~559년)인데, 이 왕은 평강왕의 아버지이므로, 여기서는 영양왕(嬰陽王, 590~618년)이 되어야 맞음.
* 아단성(阿旦城) | 지금 서울의 아차산성.

제6권

강수
최치원
설총

강수

강수强首는 중원경*의 사량 사람으로 아버지는 석체 나마이다.

그 어머니가 꿈에 뿔 달린 사람을 보고 임신하여 아들을 낳았다. 과연 머리 뒷부분에 불거진 뼈가 있었다. 석체가 이 아이를 안고 당시의 현자라고 알려진 사람에게 가서 물었다.

"아이의 두골이 이렇게 생겼으니 어떠한가요?"

"복희씨*는 범의 형상이요, 여와씨*는 뱀의 몸이요, 신농씨*는 소의 머리요, 고요*는 말의 입이라 들었소. 성현은 동류지만 그 상이 역시 범상치 않은 바가 있지요. 또한 이 아이를 보니 머리에 검은 사마귀가 있는데, 관상을 보는 법에, 얼굴의 사마귀는 좋지 않지만 머리의 사마귀는 나쁘지 않다고 하였소. 이는 기이한 아이임에 틀림없구려."

이 말을 듣고 돌아와 석체는 아내에게 말했다.

"당신 아들이 보통 아이가 아니니, 잘 길러서 장차 나라의 큰 선비가 되게 해야겠소."

정말로 아이는 자라면서 스스로 글을 읽을 줄 알고 문장의 뜻에 통달하였다. 아버지가 아들의 뜻을 시험해 보기 위하여 물었다.

---

* 중원경(中原京) | 지금의 충청북도 충주.
* 복희씨(伏羲氏) | 중국의 시조로 삼황오제(三皇五帝)의 여덟 황제를 말하거니와, 이 가운데 우두머리.
* 여와씨(女媧氏) | 삼황오제 가운데 하나. 중국의 천지 창조 신화에 나오는 여신.
* 신농씨(神農氏) | 삼황오제 가운데 하나. 여와씨를 이어 일어난 염제(炎帝)로, 사람의 몸에 소의 머리를 하였다고 함.
* 고요(皐陶) | 순임금 때 형벌의 임무를 맡아 선정을 베푼 사람.

"너는 불도佛道를 배우겠느냐, 유도儒道를 배우겠느냐?"

"제가 들은 바에 따르면, 불교는 세상 밖의 종교라 합니다. 저는 세속에 사는 사람인데 불도는 배워서 무엇하겠습니까? 저는 유가의 도를 배우고 싶습니다."

"너 좋을 대로 하라."

그리하여 스승에게 나아가 『효경孝經』, 『곡례曲禮』, 『이아爾雅』, 『문선文選』 같은 책을 읽었다. 배운 것은 비록 적었으나 깨달은 바는 높고 원대하여, 당대의 걸출한 인물이 되었다. 그는 마침내 벼슬길에 나아가 여러 관직을 역임하여 당시에 소문난 사람이 되었다.

일찍이 강수가 부곡 마을의 대장장이 딸과 몰래 만나며 정이 매우 두터워졌다.

스무 살이 되자, 부모가 고을의 처녀들 가운데 용모와 행실이 좋은 자를 중매하여, 아들의 아내로 삼게 하려 했다. 그러나 강수는 두 번 장가들 수 없다며 사양하였다.

아버지는 화가 나서 아들에게 말했다.

"너는 세상에 이름이 나서 이 나라에 모르는 사람이 없는데, 미천한 자를 배필로 삼는다면, 또한 수치스러운 일이 아니겠느냐?"

강수가 다시 절하며 말했다.

"가난하고 천한 것은 부끄럽지 않습니다. 도를 배우고도 실행하지 않아야 정말 부끄럽지요. 일찍이 듣건대 옛사람의 말에, '조강지처는 쫓아내지 아니하고, 빈천할 때의 친구는 잊어서는 안 된다.' 고 하였으니, 천한 아내라고 해서 차마 버릴 수는 없습니다."

태종대왕이 즉위하자 당나라의 사신이 와서 조서를 전하였다. 그 가운데 이해하기 어려운 부분이 있어서 왕이 그를 불러 물었다. 그가 왕 앞에서 그

부분을 한 번 보고는 의심스럽거나 막히는 데 없이 설명하고 해석하였다.

왕은 놀라고 기뻤다. 서로 너무 늦게 만났다고 한탄하며 그의 성명을 물었다.

"신은 본래 임나 가량 사람이며, 이름은 자두字頭입니다."

"경의 머리를 보니 강수 선생이라고 부를 만하다."

왕은 당나라 황제의 조서에 감사하는 글을 지어 보내게 하였다. 그의 문장이 세련되고 뜻이 깊었으므로, 왕이 더욱 그를 기특히 여겨, 그의 이름을 부르지 않고 임생任生이라고만 하였다.

강수는 처음부터 생계를 꾸리지 않았다. 그래서 가난했지만 마냥 태연했다. 왕이 맡은 이에게 명하여 해마다 신성에서 거두는 곡식 100석을 주게 하였다. 문무왕도 말했다.

"강수가 문장 짓는 일을 스스로 맡아서, 편지를 가지고 중국 및 고구려, 백제 두 나라에 의사를 잘 전할 수 있었기 때문에 우호를 잘 맺어 왔다. 아버지 무열왕께서 당나라에 군대를 요청하여 고구려와 백제를 평정한 것은 무공武功이라 할 것이다. 그러나 문장의 도움도 있었으니, 강수의 공을 어찌 소홀히 하겠는가?"

드디어 그에게 사찬의 작위를 주고, 봉급을 매년 곡식 200석으로 올려 주었다.

신문왕 때에 이르러 세상을 마쳤다. 장사를 지내자 관청에서 부의를 주었는데, 옷과 가죽이 아주 많았으나, 집안사람들이 사사로이 가지지 않고 모두 절에서 쓰도록 보내 주었다. 생활이 궁핍해진 그의 아내가 고향으로 돌아가려 하므로, 대신들이 이 소식을 듣고 왕에게 쌀 100석을 내려 주시라고 청하였다.

그의 아내는 사양하며 말했다.

"첩은 천한 몸으로, 먹고 입는 것을 남편에게 의지하여 나라의 은혜를 많이 입었습니다. 지금은 이미 홀몸이 되었는데, 어찌 감히 나라의 두터운 하사를 받겠습니까?"

끝내 이를 받지 않고 고향으로 돌아갔다.

『신라고기新羅古記』에, "문장은 강수, 제문, 수진, 양도, 풍훈, 골번이다." 하였는데, 제문 이하의 사람들은 사실 기록이 유실되어 전기를 만들 수 없다.

최치원

당나라 과거에 합격한 최치원

최치원崔致遠은 자가 고운孤雲이며 경주 사량부 사람이다. 기록이 모두 사라져서 그의 집안 계통은 알 수가 없다.

그는 소년 시절부터 성격이 세밀하고 민첩하였으며 학문을 좋아하였다. 열두 살에 배를 타고 당나라에 들어가 유학을 하려 할 때 그의 아버지가 말했다.

"10년이 되도록 과거에 급제하지 못하면 내 아들이 아니다. 가서 힘써 노력하라."

치원은 당나라에 도착하여 스승을 따라 공부를 게을리 하지 않았다. 건부乾符 원년(874년)에 예부시랑 배찬裴瓚이 주관한 시험에서 단번에 급제하고, 곧 선주의 율수현위에 임명되었다. 일을 잘하자 좋은 점수를 받아 승무랑 시어사 내공봉이 되었으며, 자금어대*를 받았다.

이때 황소黃巢가 반란을 일으켰다. 고병高駢이 제도행영병마도통이 되어 이를 토벌하게 되었다. 치원을 불러 종사로 삼아 서기의 임무를 맡겼는데, 그 표문*과 서계*가 지금까지 전해 온다.

스물여덟 살이 되자 귀국할 생각을 하였다. 희종 황제가 그의 뜻을 알고, 광계 원년(885년)에 조서를 만들어 주며, 본국에 가서 내보이도록 하였다. 그는 신라에 와서 시독 겸 한림학사 수병부시랑 지서서감이 되었다.

치원은 스스로 중국에 유학하여 얻은 바가 많다고 생각했다. 그래서 돌아온 뒤에 자기의 뜻을 실행하려 하였다. 그러나 말세를 당하여 의심과 시기가 많아 이러한 생각이 받아들여지지 않았다. 겨우 외직으로 나가 대산군 태수가 되었다.

당나라 소종 황제 2년(891년)에 납정절사 병부시랑 김처회가 바다에 빠져 죽었다. 신라는 추성군 태수 김준을 중국에 보내는 사신으로 임명하였다. 치원은 부성군 태수로 있다가 부름을 받아 하정사*가 되었다. 당나라에는 해마다 흉년이 들고, 이 때문에 도적이 여기저기 일어나 길이 막혔으므로 목적지에 도착하지는 못했다.

그 뒤에도 치원은 당나라에 사신으로 간 일이 있었으나 그 시기는 알 수가 없다.

중국에 보낸 편지

당나라에 여러 번 갔기 때문에 그의 문집에는 태사 시중에게 보내는 편지가 있는데, 그 편지에는 이렇게 쓰여 있다.

들건대 동해 밖에 삼국이 있었으니 그 명칭이 마한, 진한, 변한입니다. 마한은 고구려요, 변한은 백제요, 진한은 신라입니다.

---

* 자금어대(紫金魚袋) | 적동(赤銅)으로 만든, 5품 이상의 관리에게 내려 주던 주머니.
* 표문(表文) | 임금에게 올리는 편지 형식의 글.
* 서계(書啓) | 임금의 명령을 받은 벼슬아치가 일을 마치고 그 결과를 보고하기 위하여 만들던 문서.
* 하정사(賀正使) | 중국으로 가는 사신.

고구려와 백제의 전성기에는 강한 군사가 100만 명이나 되었습니다. 남으로 오나라와 월나라를 침범하고, 북으로 유나라, 연나라, 제나라, 노나라를 뒤흔들었지요. 중국의 커다란 고민거리가 되었습니다.

수나라 황제가 세력을 잃은 것도 요동 정벌에 실패한 까닭입니다.

정관 연간(642-649년)에 당 태종 황제가 직접 6군을 거느리고 바다를 건너 천벌을 집행하였습니다. 이때 고구려는 그 위엄을 두려워하여 화친을 청하므로, 문황제가 항복을 받고 수레를 돌려 돌아갔습니다. 이 무렵 우리 무열대왕이 지극한 정성을 들여 한 쪽의 혼란을 당의 협조를 얻어 평정하고자 하였으니, 당나라 조정에 들어가 황제를 뵙고 인사드리는 일이 이로부터 시작되었습니다.

그 뒤에도 고구려와 백제는 이전과 같이 흉악한 행위를 계속하였습니다. 그래서 무열왕이 당의 조정에 들어가 길잡이가 될 것을 청하였습니다. 고종 황제 5년(654년)에 이르러 소정방에게 칙령을 내려, 10도의 강병과 군함 1만 척을 이끌고 백제를 크게 무찌르고, 그 땅에 부여 도독부를 설치하여 유민을 모으고 중국인 관리를 배치했는데, 생활양식이 서로 달라 자주 반란을 일으킨다는 소식이 들려왔습니다. 마침내 그 사람들을 하남으로 옮겼습니다.

총장 원년(668년)에 영공 서적徐勣이 고구려를 격파하고 안동 도독부를 설치하였으며, 의봉 3년(678년)에 이르러 그 사람들을 하남과 농우로 옮겼습니다. 고구려의 남은 백성이 모여들어 북쪽 태백산 아래 자리를 잡고, 나라 이름을 발해라고 하였습니다.

그들은 개원 20년(732년)에 당나라 조정에 원한을 품어 군사를 거느리고 등주를 습격하여 자사 위준을 죽였습니다. 이에 명황제*가 크게 화를 내었습니다. 고품, 하행성과 태복경 그리고 김사란에게 명령하여, 군사를 거느리고 바다를 건너 치도록 하였습니다. 우리 임금 김 아무개에게 벼슬을 더하여 정대위지절충녕해군사 계림주 대도독으로 삼았는데, 겨울이 깊어 눈이 많이 쌓이고 추위가 심했기 때문에 칙명을 내려 회군케 했습니다. 그때부터 지금까지 300여 년 동안 이 지역이 무사하고 창해가 편안하니, 이는 곧 우리 무열대왕의 공로입니다.

지금 저는 유림의 끄트머리에 선 학자요, 중국 바깥의 평범한 사람으로서, 외람되게 표장을 받들고 이 나라에 황제를 줄곧 뵈었으니, 모든 정성을 다하여 말씀드리는 것이 예의에 맞겠습니다.

저는 이렇게 알고 있습니다. 원화 12년(817년)에 우리나라의 왕자 김장렴이 풍랑을 만나 표류하다가 명주에 상륙하였을 때, 절동의 어떤 관리가 서울까지 보내 주었고, 중화 2년(882년)에는 입조사 김직량이 반란군이 일어나 길이 막혔기에 마침내 초주에 상륙하여 헤매다가, 양주에 이르러 황제의 행차가 촉蜀으로 가신 것을 알았습니다. 고 태위가 도두 장검을 보내 그를 감시 압송하여 서천에 이르렀습니다.

이전의 사례가 이처럼 분명하오니, 엎드려 바라옵건대, 태사 시중께서는 큰 은혜를 베풀어 주십시오. 특별히 육지와 바다를 지날 허가증, 저희의 소재지에 배와 식사 및 장거리 여행을 할 수 있는 나귀와 말 그리고 사료가 필요합니다. 아울러 군인들을 보내 황제의 앞까지 호송하여 주소서.

여기서 말한 태사 시중도 그 성명을 알 수 없다.

세속을 떠난 방랑의 생활

치원은 서쪽에서 당나라를 섬길 때부터 동으로 고국에 돌아와서까지, 항상 난세를 만나 처신하기가 어려웠고, 곧잘 비난을 받기도 했다. 그래서 스스로 불우함을 한탄하고 다시는 벼슬길에 오르지 않기로 하였다.

그는 산과 강 그리고 바다로 떠돌며 정자를 지어 소나무와 대나무를 심어

* 명황제(明皇帝) | 당나라 현종(713~755년)을 일컫는 듯.

놓고 책 속에 묻혀서 풍월을 읊었다. 경주의 남산과 강주의 빙산과 협주의 청양사와 지리산의 쌍계사와 합포현의 별장이 모두 그가 놀았던 곳이다.

마지막에는 가족을 데리고 가야산 해인사에 은거하면서, 형인 현준 및 정현 스님과 도우道友를 맺고, 한가로이 은거 생활을 하다가 노년을 마쳤다.

그가 처음 중국으로 가서 유학할 때 강동의 시인 나은羅隱과 알고 지냈다. 은이라는 사람은, 자기의 재주를 믿고 스스로 잘난 체하여, 쉽사리 다른 사람을 인정하지 않았다. 그러나 치원에게는 자기가 지은 시 다섯 축을 보여 주었다.

동갑내기인 당나라 사람 고운顧雲과도 잘 사귀었는데, 치원이 돌아오려 할 때 고운은 시를 지어 송별하였다. 이 시는 대략 다음과 같다.

나는 들었네, 바다 위에 세 마리 금자라* 있어
머리 위에 높은 산을 이고 있다네.
산 위에 주궁, 패궐, 황금전이 있고
산 아래 천리만리 넓은 파도 일렁인다네.
그 곁에 점 하나 푸르른 계림 땅
자라산의 정기 어려 기특한 인재 났네.
열두 살에 배를 타고 바다를 건너
그 문장이 중화국을 감동시켰네.
열여덟 되던 해 전쟁터 같은 글밭을 이리저리 다니면서
화살 한 대 날려 보내 금문*을 깨고 급제했네.

『신당서』의 「예문지」에는, "최치원의 『사륙집』 1권과 『계원필경』 20권이 있다."고 기록되어 있으며, 그 주석에는 "최치원은 고려인으로서 빈공과에 급제하여 고병의 종사관이 되었다."고 하였다. 그의 이름이 이와 같이 중국에 알려졌다. 또한 문집 30권이 세상에 전해진다.

처음 우리 고려의 태조가 일어났을 때였다. 치원은 태조가 비상한 인물이므로 그가 반드시 천명을 받아 개국할 것임을 알았다. 이 때문에 그는 태조에게 편지를 보내 문안을 하였다. 그 가운데에, "계림은 누른 잎이오, 곡령은 푸른 솔이라."는 구절이 있었다.

그의 문인들 중에는 우리 고려 초기에 조정에 들어 높은 관직에 이른 자가 한둘이 아니었다.

현종이 왕위에 있을 때였다. 치원이 태조의 왕업을 은연히 찬양하였으니, 그의 공을 잊을 수 없다 하여 내사령으로 추증하라는 교시를 내렸다. 14년(1023년)* 5월에 이르러서 문창후文昌侯라는 시호를 추증하였다.

---

* 금자라ㅣ신선이 살고 있는 봉래전을 아래에서 떠받치고 있다 함. 용의 일종.
* 금문(金門)ㅣ대궐의 문.
* 14년(1023년)ㅣ다른 기록을 참조하건대, 현종 4년(1013년)이 맞을 듯.

설총

설총薛聰은 자가 총지聰智이고, 할아버지는 담날 나마이며 아버지는 원효이다.

　원효는 처음에 승려가 되어 불교에 통달하였으나, 얼마 후에 속인으로 되돌아와 스스로 소성거사小性居士라고 불렀다.

　총은 성질이 총명하고 예리하며, 나면서부터 도술을 알았다. 그는 우리말로 9경을 해독하여 제자를 가르쳤으므로, 지금까지 학자들이 그를 종주로 삼는다. 또한 글을 잘 지었으나 세상에 전해 온 것이 없고, 다만 지금 남쪽 지방에 총이 지은 비명이 간혹 있으나, 글자가 망가져서 읽을 수 없다. 아쉽게도 어떠한 내용인지 알지 못한다.

　신문왕이 한여름에 높고 밝은 방에 거처하면서 총을 돌아보면서 말했.

　"오늘은 오래 내리던 비가 비로소 개고 바람이 시원하구나. 비록 맛있는 음식과 애절한 음악이 있다 할지라도, 고상한 담론과 재미있는 이야기로 울적한 마음을 푸는 것만 하겠느냐. 그대는 반드시 색다른 이야기도 알고 있을 터인데, 어찌 나를 위하여 말해 주지 않는가?"

화왕계라는 이야기

"예. 신이 예전에 꽃의 왕이 처음 들어왔을 때의 이야기를 들은 바 있습니다.

　이 왕을 향기로운 꽃동산에 심고 푸른 장막으로 보호하였는데, 봄이 되어 곱게 피어나 온갖 꽃을 능가하여 홀로 뛰어났습니다. 이에 가까운 곳으로부

터 먼 곳에 이르기까지 곱고 어여쁜 꽃들이 빠짐없이 달려왔지요. 혹시 시간이 늦지나 않을까, 그것만 걱정하며 배알하려고 하였습니다.

홀연히 붉은 얼굴, 옥 같은 이에 곱게 화장하고, 멋진 옷을 차려 입은 이 하나가, 간들간들 걸어와 얌전하게 앞으로 나오며 말했습니다.

'첩은 눈같이 흰 모래밭을 밟고, 거울같이 맑은 바다를 마주 보며, 봄비로 목욕하여 때를 씻고, 맑은 바람을 상쾌하게 쐬면서 유유자적하는데, 이름은 장미라고 합니다. 왕의 훌륭하신 덕망을 듣고, 향기로운 휘장 속에서 잠자리를 모시고자 하는데, 왕께서는 저를 받아 주시겠습니까?'

또 한 사내가, 베옷에 가죽 띠를 매고 허연 머리에 지팡이를 짚고, 힘없는 걸음으로 구부정하게 걸어와서 말했습니다.

'저는 서울 밖의 한길가에 살고 있습니다. 아래로는 푸르고 넓은 들판의 경치를 내려다보고, 위로는 우뚝 솟은 산의 빛깔에 의지하고 있는데, 이름은 할미꽃이라고 합니다. 저는 가만히 생각해 보았습니다. 비록 생기는 것이 풍족하여 기름진 음식으로 배를 채우고, 차와 술로 정신을 맑게 할지라도, 상자 속의 준비물에는 반드시 양약이 있어서 기운을 돋우고, 극약이 있어서 병독을 제거해야 합니다. 그러므로 옛말에 생사와 삼베 같은 좋은 물건이 있다 해도, 왕골과 띠풀 같은 천한 물건을 버리지 않아서, 모든 군자는 만의 하나 결핍에 대비해야 한다 하였습지요. 왕께서도 혹시 이런 생각을 갖고 계시는지 모르겠습니다.'

그러자 어떤 이가 꽃의 왕에게 말했습니다.

'두 명이 왔는데 어느 쪽을 붙들고 어느 쪽을 버리시겠습니까?'

'사내의 말도 일리가 있지만 어여쁜 여자는 얻기가 어려운 것이니 이 일을 어떻게 할까?'

그러자 사내가 왕 앞에 다가섰습니다.

'저는 대왕이 총명하여 사리를 잘 분별할 줄 알고 왔더니, 지금 보니 그렇지 않군요. 무릇 임금 된 사람치고 간사한 자를 가까이하지 않고 정직한 자를 멀리하지 않는 이가 적습니다. 이 때문에 맹자는 불우하게 일생을 마쳤으며, 풍당*은 낭서 정도로 지내다 흰머리가 되었습니다. 옛날부터 도리가 이러하였거늘 저인들 어찌하겠습니까?'

'내가 잘못했노라, 내가 잘못했노라.'

이렇게 대답하였다는군요.”

설총과 그 후손

이에 신문왕이 얼굴빛을 바로 하며 말했다.

“그대의 우화는 진실로 깊은 뜻이 담겨 있도다. 기록해 두어 왕이 된 자의 경계로 삼기 바란다.”

마침내 총을 높은 관직에 발탁하였다.

세상에 전하는 말이 있다. 일본국의 진인이 신라 사신 설 판관에게 준 시의 서문에 이렇게 쓰여 있다.

"일찍이 원효거사가 지은 『금강삼매론』을 본 적이 있다. 그러나 그 사람을 보지 못해 매우 한스럽게 여겼다. 듣자 하니 신라국 사신 설이 바로 거사의 손자라고 하니, 비록 그의 할아버지는 보지 못하였으나, 손자 된 이를 만나 보았으니, 기뻐서 시를 지어 그에게 준다."

그 시는 지금도 남아 있으나 이 손자의 이름은 모른다.

우리 고려의 현종이 왕위에 있은 지 13년인 건흥 원년(1022년)에 설총에게 홍유후弘儒侯를 추증하였다. 어떤 이는 말하기를, "설총이 일찍이 당에 들어가서 유학하였다."고 하나, 사실 여부는 알 수 없다.

---

* 풍당(馮唐) | 한나라 때 사람인데, 중랑서장(中郎署長)이라는 낮은 계급에 머물러 있으면서도, 올바른 정치를 해서 많은 성과를 올렸으나, 좀체 그 이상 진급하지 못했다.

제7권

해론
소나
취도
눌최
김영윤
관창
김흠운
열기
비녕자
죽죽
필부
계백

해론

해론奚論은 모량 사람이다. 그의 아버지 찬덕讚德은 용감한데다 절개가 높아 한때 명망이 높았다. 건복 27년(610년)에 진평대왕이 그를 뽑아 가잠성 현령으로 삼았다.

이듬해 겨울 10월이었다. 백제가 크게 군사를 일으켜 100여 일 동안 가잠성을 공격하자, 진평왕은 상주·하주·신주의 장수와 군사들에게 그를 구원하라고 명령하였다. 그러나 백제군과의 싸움에서 승리하지 못한 채 군사를 이끌고 돌아왔다.

찬넉이 그것을 분하게 여겨 병사들에게 말했다.

"세 주의 장수는 적이 강한 것을 보고 진격하지 않았다. 성이 위급한데도 도와주지 않고 말이다. 이는 의리가 없는 행위다. 의리 없이 살기보다 의리를 지키다 죽는 편이 낫겠다."

그는 그야말로 죽을힘을 다해 싸워 성을 지켜 냈다. 양식과 물이 떨어지자 시체를 뜯어 먹고 오줌을 마시기까지 했다. 봄 정월이 되자 사람들은 이미 지치고, 성은 곧 함락될 판이었다. 대세는 회복할 수 없는 지경이 되었다. 이렇게 되자 그는 하늘을 우러러 크게 외쳤다.

"우리 왕이 나에게 이 성을 맡겼는데, 온전하게 지키지 못하고 적에게 패하니, 죽어서도 사나운 악귀가 되어 백제인들을 모조리 잡아먹고 이 성을 회복하리라."

마침내 팔을 걷고 눈을 부릅뜨고 달려 나가 홰나무에 부딪쳐 죽었다. 이에 성은 함락되고 군사들은 모두 항복하였다.

해론은 나이 스물이 되었을 때 아버지의 공으로 대나마가 되었다. 건복 40년(623년)에 왕이 해론을 금산 당주로 임명하고, 한산주 도독 변품과 함께 가잠성을 습격하여 이를 빼앗도록 하였다.

백제가 이 말을 듣고 군사를 일으켜 공격해 왔다. 싸움이 시작되었을 때 해론이 여러 장수에게 말했다.

"옛날 내 아버지가 여기에서 전사하셨는데, 나도 지금 여기서 백제인과 싸운다. 오늘이 내가 죽을 날이다."

그는 드디어 칼을 들고 적진으로 달려가 여러 사람을 죽이고 자신도 죽었다.

왕이 이 소식을 듣고 눈물을 흘리며 그의 가족을 보살펴 주었다. 당시 사람들이 모두 그의 죽음을 애도하여 노래를 지어 그를 조문하였다.

소나

소나素那는 백성군 사산 사람이다. 그의 아버지 심나沈那는 힘이 세고 몸이 가볍고 날래었다.

사산은 백제와 잇닿아 있었으므로 서로 노략질과 싸움이 끊이지 않았다. 그럴 때면 심나는 늘 나가서 싸웠는데, 그가 가는 곳마다 튼튼한 적의 진지가 무너졌다.

인평 연간(634~646년)에 백성군에서 군사를 내어 백제의 변경을 쳤다. 그러자 백제도 정예병을 보내 갑자기 공격해 왔는데, 오히려 이쪽 병사들이 어지러이 되각하였다. 그러나 심나는 홀로 서서 칼을 뽑아 들고, 성난 눈으로 크게 꾸짖으며, 수십여 명을 베어 죽였다. 백제군은 두려워서 감히 덤벼들지 못하고 서둘러 달아났다.

백제인들은 심나를 가리켜 '신라의 비장'이라 하였다. 그러고는 저들끼리 말하기를, "심나가 아직 살았으니 백성군에 가까이 가지 말라."고 하였다.

소나는 영웅답고 호걸스러움이 아버지의 풍모를 지녔다.

백제가 멸망한 뒤였다. 한주도독 유공이 대왕에게 청하여 소나를 아달성으로 보내 북쪽 변방을 방어하게 하였다.

상원 2년(675년) 봄이었다. 아달성 태수 급찬 한선이 백성에게, 돌아오는 아무 날 모두 밭에 나가 삼을 심으라 하였다. 누구든 이 명령을 어기지 못하도록 하였다. 말갈의 첩자가 이를 탐지하고 돌아가 자기 추장에게 보고하였다. 그날이 되어 백성이 모두 성에서 나와 밭에 있는데, 말갈이 몰래 군사를

거느리고 갑자기 성으로 들어가서 성 전체를 노략질하였다. 늙은이 어린이 할 것 없이 모두 어쩔 줄 몰랐다.

이때 소나가 칼을 휘두르며 적진을 향하여 크게 외쳤다.

"너희는 신라에 심나의 아들 소나가 있는 줄을 아느냐? 나는 실로 죽음이 두려워 살려고 꾀를 부리지 않는다. 싸우려는 자가 있으면 왜 나오지 않느냐?"

그가 곧 분격하여 적진으로 돌진하니, 적들이 감히 가까이 가지 못하고,

다만 그를 향하여 활을 쏠 뿐이었다. 날아오는 화살이 마치 벌 떼와 같이 많았다. 싸움은 오전 9시경부터 오후 7시경에 이르렀다. 소나의 몸에는 화살이 고슴도치의 털처럼 박혔다.

소나의 아내는 가림군의 평민 집안 여자였다. 아달성이 적국에 인접하여 있기 때문에 처음부터 소나는 혼자 가고 자기 아내더러 집에 머물러 있게 하였다. 그 고을 사람들이 소나가 죽었다는 말을 듣고 조문하였다. 아내는 울면서 대답했다.

"나의 남편이 항상 말하기를 '장부는 마땅히 싸우다가 죽어야 한다. 어찌 침상에 누워서 집안사람의 손에 죽으랴.' 하였습니다. 그가 평소에 한 말이 이러하였으니, 이제 자기 뜻대로 된 것입니다."

대왕이 이 말을 듣고 눈물을 흘려 옷깃을 적시면서 말했다.

"부자가 모두 나라의 일에 용감하였으니, 가히 대대로 충의를 이루었다고 하겠다."

대왕은 그에게 잡찬을 추증하였다.

취도

취도驟徒는 사량부 사람이고, 나마 취복의 아들이다. 그의 성씨는 역사 기록에 전하지 않는다. 형제가 셋인데 맏이는 부과夫果요, 가운데는 취도요, 막내는 핍실逼實이다.

취도는 일찍이 출가하여 이름을 도옥道玉이라 하고 실제사에 머물렀다.

태종대왕 때였다. 백제가 와서 조천성을 공격하자, 왕은 군사를 일으켜 나가 싸웠으나 결판이 나지 않았다. 도옥이 자기 무리에게 말했다.

"승려가 된 이는 둘로 나뉜다고 들었다. 위 등급은 공부에 정진하여 그 본성을 회복하고, 아래는 도의 효용을 일으켜 다른 사람에게 이익을 준다. 나는 외형만 중과 같을 뿐, 한 가지도 취할 만한 선행이 없으니, 군대에 들어가 몸을 바쳐 나라의 은혜에 보답하는 게 낫겠다."

결국 승복을 벗고 군복을 입은 다음 이름을 취도로 고쳤다. 이 이름은 빨리 군대로 간다는 뜻이다. 취도는 곧 병부兵部로 가서 삼천당에 속하겠다고 신청하였다.

드디어 군대를 따라 적지로 갔다. 깃발과 북이 어지럽게 섞였다. 그는 창과 칼을 잡고 적진으로 돌진하여 힘껏 싸우다가, 적군 여러 명을 죽인 다음 자신도 죽었다.

그 후 함형 2년(671년)이었다. 문무왕이 군사를 출동시켜 백제 변경 마을의 벼를 짓밟게 하자, 마침내 백제인들과 웅진 남쪽에서 전투가 벌어졌다. 이때 부과가 당주로 있다 전사하였는데, 가장 큰 공을 세웠다.

문명 원년(684년)에 고구려의 남은 군사들이 보덕성을 근거지로 하여 반란을 일으켰다. 신문왕이 장수에게 토벌을 명하였다. 그때 핍실을 귀당제감으로 삼았다. 그는 떠날 때 아내에게 말했다.

"나의 두 형이 이미 나라 일로 죽어서 이름이 영원히 남아 있거늘, 내 비록 불초하나 어찌 죽기를 두려워하여 구차하게 살겠는가? 오늘 그대와의 생이별은 결국 사별이 될 것이니 상심하지 말고 잘 사시오."

그는 적과 맞부딪히자 홀로 나가 공격하여 수십 명을 참살하고 자기도 죽었다. 대왕이 이 소식을 듣고 눈물을 흘리면서 탄식했다.

"취도가 죽을 자리를 알아서 형제의 마음을 들끓게 하였으며, 부과와 핍실도 정의 앞에 용감하여 자기 몸을 돌보지 않았으니, 참으로 장한 일이로다."

대왕은 모두에게 사찬 벼슬을 추증하였다.

눌최

눌최訥催는 사량부 사람이고, 대나마 도비의 아들이다.

진평왕 건복 41년(619년) 겨울 10월이었다. 백제가 대거 침입하면서 군사를 나누어 속함, 앵잠, 기잠, 봉잠, 기현, 용책 여섯 성을 포위 공격하였다. 왕은 상주, 하주, 귀당, 법당, 서당 5군에 명령하여 이들을 구원하게 하였다.

전쟁터에 이른 그들은 백제군의 진용이 당당하여 예봉을 당할 수가 없음을 보고는 머뭇거리며 더는 진격하지 못했다. 어떤 이가 건의했다.

"대왕이 5군을 여러 장수에게 맡겼으니, 국가의 존망이 이 한 번의 싸움에 달려 있습니다. 병법서에 이르기를, '가능성을 보면 나아가고, 어려움을 알면 물러선다.' 고 하였지요. 지금 강력한 적이 눈앞에 있는데, 좋은 계책을 쓰지 않고 곧장 나아갔다가는, 만에 하나 뜻대로 되지 않을 경우 후회해도 때가 늦을 것입니다."

장수와 보좌관들이 모두 그 생각이 옳다고 여겼다. 그러나 이미 명령을 받고 군사를 출동시킨 이상 그냥 돌아갈 수가 없었다.

이에 앞서 나라에서는 노진 등의 여섯 성을 쌓으려다가 미처 마무리 할 겨를이 없었는데, 겨우 그곳에서 성 쌓기를 마치고 돌아왔다. 이때 백제가 더욱 재빨리 공격하여 속함, 기잠, 용책 세 성이 함락되거나 항복하였다. 눌최는 나머지 세 성을 굳게 지켰다. 그러나 5군이 도와주지 않고 돌아갔다는 말을 듣고, 비분강개하여 눈물을 흘리면서 군사들에게 말했다.

"봄철의 온화한 기운에는 초목이 모두 번성하지만, 겨울이 되면 유독 소나무와 잣나무만 남는다. 이제 우리는 외로운 처지, 우리를 구원하는 군사는 없고 날로 위급하여졌다. 실로 지조와 의리 있는 사나이가 절개를 지키고 이름을 날릴 때다. 너희는 장차 어떻게 하려는가?"

병사들은 모두 눈물을 뿌리면서 말했다.

"감히 죽는 것을 애석하게 여기지 않고, 오직 명령을 따를 뿐입니다."

성이 함락될 무렵, 군사들이 거의 모두 죽어 몇 명 남지 않았는데도, 그들은 모두 결사적으로 싸웠다. 구차하게 죽음을 모면할 생각을 하지 않았다.

눌최에게는 종이 하나 있었다. 그는 힘이 세고 활을 잘 쏘았다. 어떤 이가 전에,

"소인배가 특이한 재주를 지니고 있으면 해를 끼치지 않는 경우가 드문 법이오. 이 사람을 멀리 하시오."

하고 말하였다. 그러나 눌최는 이를 듣지 않았다.

그날 성이 함락되고 적이 늘어오자, 그 종이 활을 당겨 화살을 끼운 채 눌최의 앞에 버티고 서서 활을 쏘았다. 화살은 하나도 빗나가는 것이 없었다. 적들이 이를 무서워하여 앞으로 접근하지 못했다.

한 적병이 뒤로 돌아가 눌최를 도끼로 쳐서 쓰러뜨리자 그 종은 돌아서서 그와 싸우다가 함께 죽었다. 왕이 이 소식을 듣고 비통해하며 눌최에게 급찬 벼슬을 추증하였다.

김영윤

김영윤金令胤은 사량부 사람이고, 급찬 반굴의 아들이다.

조부는 흠춘* 각간인데, 진평왕 때 화랑이 되었다. 그때 그는 인덕이 많고 신의가 두터워 인심을 크게 얻을 수 있었다. 나중에 문무대왕이 재상으로 올려 주었다. 임금을 충심으로 섬기고, 인자한 자세로 백성을 대하니, 나라 사람들이 모두 어진 재상이라고 일컬었다.

태종대왕 7년(660년)에 당 고종이 대장군 소정방에게 명하여 백제를 공격하게 했을 때, 흠춘은 왕명을 받들어 장군 유신 등과 정예병 5만을 거느리고 나가 함께 싸웠다. 가을 7월에 황산벌에 이르러 백제 장군 계백과 마주 싸우다가 전세가 불리하게 되었다. 흠춘은 아들 반굴을 불러 말했다.

"신하가 되어서는 충성이 으뜸이요, 아들이 되어서는 효성이 으뜸이니, 위급함을 보면 목숨을 바쳐야만 충성과 효성이 모두 온전해진다."

"그렇습니다."

대답을 마치고 적진으로 쳐들어가 힘껏 싸우다가 죽었다.

영윤은 명문세가 출신답게 명예와 절개를 지켰다. 신문왕 때였다. 고구려의 잔적 실복이 보덕성에서 반역을 꾀하자, 왕은 그의 토벌을 명령했다. 영윤은 황금서당 보기감이 되었다. 그가 떠날 때 사람들에게 말했다.

"내가 이번에 가면 가족이나 친구들에게 나쁜 소리가 들리지 않도록 하겠다."

그가 출정하여 실복을 보니, 그는 가잠성 남쪽 7리 지점에 진을 치고 기다리고 있었다. 어떤 사람이 말했다.

"이제 이 흉악한 무리는 제비가 장막 위에 집을 짓고, 물고기가 솥 안에서 노는 것 같은 형세로군. 만 번 죽을힘을 다하여 싸워야 하루 사는 목숨밖에 안 된다. 옛말에 이르기를 '궁지에 몰린 도둑은 쫓지 말라.'고 하였지. 약간 물러나서 적이 극도로 피로해진 틈을 타서 공격하면, 칼날에 피도 묻히지 않고 사로잡을 수 있다."

모든 장수가 그 말을 옳게 여겨 잠시 후퇴하려고 하였다. 그러나 유독 영윤만은 이를 수긍하지 않고 싸우려 하였다. 그를 따르는 종이 영윤에게 말했다.

"지금 모든 장수가 구차하게 살 길을 찾는 것이 아닙니다. 죽기를 싫어하는 것도 아닙니다. 조금 전 의견이 옳다고 여긴 것은, 기회를 보아 이익을 얻겠기에 그렇습니다. 그러므로 주인님만이 혼자 앞으로 나가는 것은 옳지 않은 일입니다."

"적진에 임하여 용기가 없는 것은 옛글에서 경계한 바이다. 전진이 있을 뿐 후퇴가 없어야 군인으로서 지킬 당당한 본분이다. 대장부가 일을 당하면 스스로 결정할 것이지, 어찌 꼭 여러 사람의 의견만을 따르겠는가?"

그는 말을 마치고 드디어 적진으로 달려가서 싸우다가 죽었다. 왕이 이 소식을 듣고 몹시 슬퍼하여 눈물을 흘리면서 말했다.

"그 아버지에 그 아들이로다. 그의 의롭고 장렬함은 가상히 여길 만하다."

왕은 후하게 상을 주고, 작위를 추증하였다.

* 흠춘(欽春) | 김유신의 동생.

관창

관창官昌은 신라 장군 품일의 아들이다. 그는 용모가 뛰어났고, 젊어서 화랑이 되었는데, 다른 사람과 곧잘 사귀었다.

열여섯 살에 말 타기와 활쏘기에 능숙하여 어느 대감이 그를 태종대왕에게 천거하였다. 당나라 현경 5년(660년)에, 왕이 군사를 출동시켜 당나라 장군과 함께 백제로 쳐들어갔는데, 관창을 부장으로 삼았다. 황산벌에 이르러 양쪽 군사가 대치하였다. 이때 그의 아버지 품일이 관창에게 말했다.

"네가 비록 나이는 어리지만 의로운 기백이 있다. 오늘이야말로 공을 세워 부귀를 얻을 때다. 어찌 용기를 내지 않겠느냐?"

"그렇습니다."

곧 말에 올라 창을 비껴들고 바로 적진

으로 달려 들어갔다. 말을 달리면서 여러 사람을 죽였다. 그러나 적군은 많고 아군은 적었기 때문에, 적에게 사로잡혀 산 채로 백제 원수 계백의 앞으로 보내졌다. 계백이 그의 투구를 벗게 하였다. 어리고 용감하다는 생각을 한 계백은 이를 아깝게 여겨 차마 해치지 못하고 탄식했다.

"신라에는 기특한 사람이 많구나. 소년도 이렇거늘 하물며 장사들이야 어떻겠는가?"

계백은 곧 그를 살려 보낼 것을 허락하였다. 관창이 돌아와서 말했다.

"아까 내가 적진에 들어가서 장수를 베고 깃발을 빼앗지 못한 것이 매우 한스럽다. 다시 들어가면 반드시 성공하리라."

관창은 손으로 우물물을 움켜 마시고는 다시 적진에 돌입하여 용감히 싸웠다. 계백이 그를 사로잡아 머리를 베고는 그의 말안장에 매어 돌려보냈다. 품일은 아들의 머리를 잡고 소매로 피를 씻으며 말했다.

"내 아들의 얼굴이 살아 있는 것 같구나. 기꺼이 나라를 위하여 죽을 줄을 알았으니 후회할 것이 없다."

신라군이 그것을 보고 비분강개하였다. 싸울 의지를 다진 다음, 북을 울리고 고함을 치면서 공격하여 백제를 크게 무찔렀다. 대왕이 급찬의 직위를 추증하고 예를 갖추어 장사 지냈다.

김흠운

　김흠운金歆運은 내밀왕의 8세손으로 아버지는 달복達福 잡찬이다.

　그는 소년 시절에 화랑 문노文努가 거느리는 무리에 들어 있었다. 그 무렵 동료들이, 아무개가 전사하여 지금까지 이름을 남기고 있다는 이야기를 하면, 흠운은 슬피 눈물을 흘리고 감동했다. 자신도 그와 같이 되겠노라 다짐하면서.

　같은 집안의 승려 전밀轉密이 말했다.

　"이 사람이 만일 전쟁에 나가면 틀림없이 돌아오지 못할 것이다."

　영휘 6년(655년)에 태종대왕은 백제와 고구려가 변경을 막고 있음을 분하게 여겨 정벌할 것을 계획하고 군사를 동원하였다. 이때 흠운은 낭당대감이 되었다.

　흠운은 집에서 자지 않고 비바람을 맞으며 병사들과 함께 동고동락同苦同樂하였다. 그가 백제 지역에 이르러 양산 밑에 진을 치고, 조천성으로 쳐들어가려 하였다. 그러나 백제인들이 밤을 틈타 습격하여 이른 새벽에 성루로 올라왔다. 신라 군사가 이를 보고 크게 놀라 엎어지고 자빠져서 진정시킬 수가 없었다. 적군은 이러한 혼란을 틈타 잽싸게 공격했더니 화살이 빗발치듯 날아왔다. 흠운이 말을 비껴 탄 채 창을 잡고 적을 기다리는데 대사 전지가 흠운을 달래며 말했다.

　"지금 적이 어둠 속에서 움직이니 지척에서도 분간할 수 없고, 비록 공이 죽더라도 아무도 아는 사람이 없을 것입니다. 더구나 공은 신라의 진골이며 대왕의 사위이므로, 만약 적의 손에 죽는다면 백제의 자랑거리요, 우리의 대단한 수치가 될 것입니다."

"대장부가 이미 몸을 나라에 바친 이상 남이 알든 모르든 마찬가지다. 어찌 감히 이름만 좇아가겠느냐?"

그는 꼿꼿이 서서 움직이지 않았다. 아랫사람이 말고삐를 잡고 돌아가기를 권하였다. 흠운은 칼을 뽑아 휘두르며 적과 싸워 여러 명을 죽이고 자기도 죽었다. 이때 대감 예파와 소감 적득도 함께 전사하였다.

보기당주 보용나는 흠운이 죽었다는 말을 듣고 말했다.

"그는 골품이 고귀하고 권세가 영화로워, 사람들이 사랑하고 아끼는데도, 오히려 절개를 지켜 죽었다. 하물며 나 보용나는 살아도 이익 될 것이 없고 죽어도 손해 볼 일 없다."

그는 곧 적진으로 달려가 적병 몇 명을 죽이고 자기도 죽었다. 대왕이 이 소식을 듣고 슬퍼하며 흠운에게 일길찬의 직위를 주고, 보용나에게 대나마의 직위를 주었다.

당시 사람들이 이 소문을 듣고 슬퍼하며 「양산가陽山歌」를 지었다.

따져 보면 이렇다.

신라인은 사람을 제대로 쓸 방법을 고민했다. 그래서 같은 부류의 사람들을 서로 무리 지어 놀게 해놓고, 그 행실과 의리를 살펴서 등용하였다. 그리고 용모가 뛰어난 남자를 뽑아 단장시켜서 '화랑'이라 부르며 받들었다.

이에 낭도의 무리가 구름처럼 모여, 어떤 때는 도리와 의리를 가지고 서로 절차탁마切磋琢磨하고, 어떤 때는 음악을 연주하며 서로 즐기고, 산과 물을 찾아 노닐면서는 멀다고 하여 가지 않은 곳이 없었다.

이렇게 하면서 그들의 사악함과 정직함을 잘 살폈으며, 이에 따라 사람을 선발하여 조정에 천거하였다. 김대문이, "어진 보좌와 충신이 여기에서 나오고, 훌륭한 장수와 용감한 군사가 여기에서 생긴다."고 한 말이 바로 이것이다. 3대의 화랑이 무려 200여 명이나 되었는데, 그들의 꽃다운 이름과 아름다운 사적은 전기에 기재된 바와 같다.

흠운과 같은 사람도 역시 낭도였다. 나랏일에 목숨을 바칠 수 있었으니, 그 이름을 욕되게 하지 않았다고 할 만하다.

열기

열기裂起는 역사 기록에 집안 내력과 성씨가 전해지지 않는다.

문무왕 원년(661년)에 당 황제가 소정방을 보내 고구려를 정벌하려고 평양을 포위하였다. 그때 함자도 총관 유덕민이 국왕에게 국서를 전하여 군수물자를 평양으로 보내게 하였다. 왕은 대각간 김유신에게 명하였다. 쌀 4,000석과 벼 22,250석을 수송하게 하였는데, 유신이 변경에 이르렀을 때 눈바람이 몹시 사나워서 사람과 말이 많이 얼어 죽었다.

고구려인들은 신라 군사가 지쳐 있음을 알고 맞받아 치려 하였다. 당나라 진영까지의 거리가 약 3만 보였는데 앞으로 나아가지도 못하고, 편지를 보내려 해도 적당한 사람을 구하기가 어려웠다. 이때 보기감보행을 맡고 있던 열기가 나아가 말했다.

"제가 비록 게으르고 재주 없으나 가는 사람의 수를 채우고 싶습니다."

마침내 군사 구근 등 열다섯 명과 함께 활과 칼을 가지고 말을 달려 나갔다. 고구려인들은 바라만 보고 막지 못했다.

이틀 만에 그들은 소 장군에게 사명을 전하였다. 당나라 사람들이 듣고 기뻐하여 위로하고 회신을 보냈다. 열기가 다시 이틀이 지나서 돌아오니, 유신이 그의 용맹을 가상히 여겨 급찬의 벼슬을 주었다.

군사가 돌아오자 유신이 왕에게 말했다.

"열기와 구근은 천하의 용사입니다. 신이 편의에 따라 급찬의 벼슬을 허락하였으나, 공로에 맞지 않사오니, 사찬의 벼슬을 더해 주시기 바랍니다."

"사찬의 벼슬은 너무 과분하지 않은가?"

유신이 다시 절하며 말했다.

"벼슬은 공적인 것으로 공적인 일에 대한 보수로 주는 것이옵니다. 어찌 과분하다 하겠습니까?"

왕이 이를 허락하였다.

뒤에 유신의 아들 삼광이 정권을 잡았을 때, 열기가 찾아가서 군수 자리를 청하였으나, 허락하지 않았다. 열기가 지원사의 승려 순경에게 말했다.

"나의 공로가 큰데도 군수의 자리를 청하였으나 얻지 못하였다네. 삼광은 아버지가 돌아가시니 아마도 나를 잊어버린 듯하군."

순경이 삼광에게 이 말을 전하였다. 삼광이 삼년산군 태수 자리를 주었다.

구근이 원정공을 따라가 서원술성을 쌓았다. 그때 원정공이, 구근이 일을 태만히 하였다는 다른 사람의 말을 듣고, 그에게 곤장을 쳤다. 구근이 말했다.

"내가 일찍이 열기와 함께 한 치 앞도 알 수 없는 위험한 지역에 들어가 대각간의 명을 욕되지 않게 하였다. 대각간도 나를 무능하다고 여기지 않았으며 국사로 대우하였다. 지금 허황된 말을 믿고 나에게 죄를 주니, 평생의 치욕 중에 이보다 더 큰 것이 없다."

원정공이 이 말을 듣고 죽는 날까지 부끄러워하며 회개하였다.

비녕자

비녕자丕寧子는 고향과 집안의 성씨를 알 수 없다.

　진덕왕 원년(647년)에 백제가 대군을 거느리고 무산, 감물, 동잠 등의 성을 공격하였다. 유신은 보병과 기병 1만 명을 이끌고 대항하였다. 그러나 백제군은 정예군이었다. 유신이 고전하고 승리하지 못하여 사기는 꺾이고 힘이 빠졌다.

　유신이 비녕자를 불렀다. 그에게 힘껏 싸워 적진 깊이 들어갈 뜻이 있음을 알았던 것이다.

　"추운 겨울이 된 뒤에야 소나무와 잣나무는 시들지 않는다는 사실을 아는 법이다. 오늘의 사태가 위급하게 되었다. 그대가 아니면 누가 용감히 싸우겠는가. 기묘한 계책을 내어 여러 사람의 마음을 격려하겠는가?"

　유신은 이어 그와 함께 술을 마시면서 속마음을 내비치었다. 비녕자가 절하고 말했다.

　"지금 많은 사람 가운데 유독 저에게 일을 부탁하시니, 절 알아주는 분이라 하겠습니다. 진실로 죽음으로써 보답하여야 마땅하겠습니다."

　그가 나와서 종 합절에게 일렀다.

　"내가 오늘 위로는 나라를 위하고 아래로는 나를 알아주는 이를 위하여 죽을 것이다. 나의 아들 거진이 나이 비록 어리나 장한 뜻이 있지. 틀림없이 나를 따라 함께 죽으려 할 것인데, 만일 부자가 함께 죽는다면, 집안사람이 장차 누구에게 의지하겠는가? 너는 거진과 함께 나의 해골을 잘 수습하여

돌아가 그 어미의 마음을 위로하라."

 말이 끝나자 그는 곧 말에 채찍질을 하며 창을 비껴들고 적진으로 돌입하여, 여러 사람을 죽이고 자기도 전사하였다. 거진이 바라보다가 나가려고 하니 합절이 말했다.

 "대인께서 저에게, 도련님과 함께 집으로 돌아가서 부인 마님을 위로하라고 하셨습니다. 이제 아들이 아버지의 명령을 어기고 어머님의 자애를 저버린다면 효도라고 할 수 있겠습니까?"

합절은 말고삐를 잡고 놓지 않았다.

거진이 말했다.

"아버지가 죽는 것을 보고도 구차하게 산다면 이것이 어찌 효자라 하겠느냐?"

곧 칼로 합절의 팔을 치고 말을 달려 적진으로 달려 들어가 싸우다가 전사하였다. 합절은,

"상전이 모두 죽었는데 내가 죽지 않으면 무엇을 하겠는가?"

고 하면서 그 역시 싸우다가 전사하였다.

군사들은 이 세 사람의 죽음을 보고 감격하였다. 서로 앞을 다투어 진격하자, 향하는 곳마다 적의 예봉을 꺾고, 진지를 함락시켰으며, 적군을 대파하여 3,000여 명의 머리를 베었다.

유신은 세 사람의 시체를 거두어서 자기의 옷을 벗어 덮어 주고 슬프게 울었다. 대왕 또한 이 소식을 듣고 눈물을 흘리며, 예를 갖추어 반지산에 합장하고, 그들의 처자와 가족에게 은혜로운 상을 특별히 후하게 주었다.

죽죽

　죽죽竹竹은 대야주 사람이고, 아버지 학열郝熱은 찬간이었다. 선덕왕 때 죽죽이 사지가 되어 대야성 도독 김품석金品釋 아래에서 그를 보좌하고 있었다.
　선덕왕 11년(642년) 가을 8월, 백제 장군 윤충允忠이 군사를 거느리고 와서 그 성을 공격하였다. 이에 앞서 도독 품석이, 자기의 동료인 검일 사지의 아내가 아름다워, 그녀를 빼앗은 일이 있었다. 검일은 이에 대해 이를 갈고 있던 참이었다. 이 때문에 그는 적과 내통하여 창고에 불을 질렀다. 성안의 민심은 흉흉하고 적을 두려워하여, 성을 지키지 못할 것 같았다.
　품석의 보좌관인 서천 아찬이 성에 올라 윤충에게 말했다.
　"만약 장군이 우리를 죽이지 않는다면 성을 바치고 항복하겠습니다."
　"그래요? 그렇게 하고도 우리가 함께 만족하지 못하는 일이 생긴다면, 그 때는 밝은 태양이 있으니, 태양을 두고 맹세합시다."
　서천이 품석과 여러 장병에게 권고하여 성 밖으로 나가고자 하였다. 그러나 죽죽이 이들을 말리면서 말했다.
　"백제는 말을 뒤바꾸는 나라이므로 믿을 수 없소이다. 윤충의 말이 달콤한 것은 반드시 우리를 꾀려는 수작이오. 만약 성 밖으로 나간다면 틀림없이 적의 포로가 될 터. 쥐새끼처럼 숨어서 사는 것보다는 차라리 호랑이처럼 용감하게 싸우다가 죽는 편이 더 낫겠소."
　그러나 품석은 이 말을 듣지 않고 성문을 열었다.
　병사들이 먼저 나가자 백제가 복병을 출동시켜 모조리 죽여 버렸다. 품석이 나가려다가 병사들이 죽었다는 말을 듣고, 먼저 자기의 처자를 죽인 다음, 자신 또한 목을 찔러 자살하였다.

죽죽이 남은 군사를 수습하여 성문을 닫은 채 지켰다. 용석龍石 사지가 죽죽에게 말했다.

"지금 전세가 이러하니 틀림없이 성을 보전할 수 없을 것이오. 차라리 항복하고 살아서 뒷날의 공적을 꾀하는 편이 낫겠네."

"그대의 말도 당연하오. 허나 나의 아버지가 나를 죽죽이라고 이름 지은 것은, 날더러 날씨가 추워도 시들지 말며, 꺾일지언정 굽히지 말라는 뜻이었소. 어찌 죽기를 두려워하여 항복하겠는가."

드디어 힘껏 싸우다가 성이 함락되자 용석과 함께 전사하였다.

왕이 이 소식을 듣고 슬퍼하며 죽죽에게는 급찬을 추증하고, 용석에게는 대나마를 추증하였다. 그들의 처자에게 상을 주어 서울로 옮겨 살게 했다.

필부

　필부匹夫는 사량부 사람이며, 아버지는 존대尊臺 아찬이다.
　백제, 고구려, 말갈 등이 점점 친해지다가, 아주 밀접한 사이가 되어, 끝내는 함께 신라를 치려 하였다. 태종대왕이 충성스럽고 용감한 인재 가운데 적을 방어할 만한 사람을 구할 때 필부를 칠중성 아래의 현령으로 삼았다.
　그 이듬해인 경신(660년) 가을 7월, 왕이 당나라 군사와 함께 백제를 쳐서 없앴다. 이에 고구려가 신라를 미워하여, 겨울 10월에 군사를 동원하여 칠중성을 포위하였다.
　필부는 이를 수비하면서 20여 일 동안 계속하여 싸웠다. 고구려 장수는, 신라 병사들이 온 힘을 다하여 뒤도 돌아보지 않고 싸우는 것을 보고, 이들을 쉽게 함락시킬 수 없다고 판단하였다. 그는 곧 군사를 이끌고 돌아가려 하였다.
　이때 배신자 비삽 대나마가 비밀리에 사람을 보내 적에게 알렸다.
　"성안에는 양식이 떨어지고 힘이 다하였으니, 만약 이제 친다면 반드시 항복할 것이다."
　고구려군은 다시 공격해 왔다. 필부가 이 사실을 알고, 칼을 뽑아 비삽의 머리를 베어 성 밖으로 던지고, 군사들에게 말했다.
　"충신과 의사는 죽을지언정 굽히지 않는 것이다. 힘써 노력하라. 이 성의 존망存亡이 이번 싸움에 달려 있다."
　그가 주먹을 휘두르며 한바탕 호통을 치니, 병든 자들도 모두 일어나 앞을 다투어 성에 올랐으나, 곧 사기가 떨어져 죽거나 다친 이가 반이 넘었다. 그때 적이 바람을 이용하여 불을 지르고 성안으로 공격해 왔다. 필부는 본숙, 모지, 미제 등과 함께 적을 향하여 활을 쏘았다. 그러나 빗발같이 날아오는 화살을 당해 내지 못하였다. 온몸에 상처를 입고, 피가 발꿈치까지 흘러내렸다.

　대왕이 필부의 전사 소식을 듣고 매우 슬프게 울며 그에게 급찬을 추증하였다.

계백

계백階伯은 백제 사람으로 관직이 달솔이었다.

당나라 현경 5년(660년)에 고종이 소정방을 신구도대총관으로 삼아 군사를 거느리고 바다를 건너 신라와 함께 백제를 치게 했다. 계백은 장군이 되어 결사대 5,000명을 선발하여 이를 방어하며 말했다.

"한 나라의 힘으로 당과 신라의 대군을 당하자니, 나라의 존망을 알 수 없도다. 나의 처자가 붙잡혀 노비가 될지도 모르니, 살아서 치욕을 당하는 것보다 차라리 깨끗이 죽는 편이 낫겠다."

그는 말을 마치고 마침내 자기의 처자를 모두 죽였다.

황산벌에 이르러 세 개의 진영을 치고 기다렸다. 신라 군사와 맞닥트려 곧 전투를 시작하려 할 때 여러 사람에게 맹세했다.

"옛날 월나라 왕 구천은 5,000명의 군사로 오나라의 70만 대군을 격파하였다. 오늘 우리는 마땅히 각자 분발하여 싸우고, 반드시

승리하여 나라의 은혜에 보답해야 한다."

그들이 드디어 죽음을 각오하고 싸워, 사람마다 일당천의 전과를 올리자, 신라 군사가 퇴각하였다.

이렇게 그는 진퇴를 네 번이나 거듭하다가, 마침내 힘이 부족하여 전사하였다.

제8권

상덕
실혜의 노래
물계자
백결 선생
검군
김생
솔거
효녀 지은
설씨와 가실의 사랑
도미의 처

상덕

상덕向德은 웅천주 판적향 사람이다.

아버지의 이름은 선善이고 자는 반길潘吉이다. 품성이 온순하고 선량하여 향리에서 그의 품행을 높이 칭송하였다. 어머니의 이름은 전해지지 않는다.

상덕도 효성스럽고 공손하여 당시 사람들이 모두 칭찬하였다.

천보 14년(755년)에 흉년이 들어서, 백성은 굶주리고 더욱이 전염병까지 겹쳤다. 이 바람에 그의 부모 또한 굶주리고 병들었으며, 어머니는 여기에다 종기까지 나서 거의 죽게 되었다.

상덕은 밤낮으로 옷을 벗을 틈도 없이 정성을 다하여 부모를 간호하였다. 그러나 특별히 봉양할 방법이 없었다. 그러자 그는 자기의 넓적다리 살을 베어 먹였다. 그리고 어머니의 종기를 입으로 빨아내어 병을 치료하였다.

판적향의 관청에서는 이 일을 웅천주에 보고하고, 주에서는 왕에게 보고하였다. 왕은 벼 300섬과 집 한 채와 구분전* 약간을 주도록 명령을 내렸다. 그리고 담당자에게 명하여, 비석을 세우고 사적을 기록하여, 이 일을 다른 사람들이 알도록 하였다.
　오늘날에 이르도록 사람들이 그곳을 효가孝家라고 부른다.

　따져 보면 이렇다.
　옛글에, "한유*의 논지는 훌륭하다. 그가 말하기를, '부모의 병환에 약을 달여서 드리는 것을 효도라고 하는데, 아직 자신의 몸을 훼손하여 봉양했다는 말은 들어 보지 못했다. 진실로 이 일이 의리를 손상시키지 않는다면, 성현들이 다른 사람보다 먼저 이렇게 했을 것이다. 이렇게 하다가 불행하게도 잘못되어 목숨을 잃는다면 도리어 부모가 주신 몸을 상하게 하고, 대를 잇지 못하는 죄가 돌아갈 것이다. 어찌 그 집에 정문을 세워 표창할 수 있으랴?' 하였다. 비록 그렇다고는 하나, 누추한 마을에 살아 학술과 예의의 자질을 갖추지 못했으면서도, 자기의 몸을 잊고 부모를 생각할 수 있는 것은 성심에서 나온 것이다. 이 또한 칭찬할 만하기 때문에 기록해 둔다."고 하였다.
　그러므로 상덕과 같은 이도 기록해 둘 만한 인물일 것이다.

실혜의 노래

실혜實兮는 순덕 대사의 아들인데, 성품이 강직하여 불의한 일로는 그를 굴복시킬 수 없었다.

진평왕 때 그는 상사인上舍人이 되었다. 그때 하사인下舍人이었던 진제珍堤는 아첨을 잘하여 왕의 총애를 받았다. 그가 비록 실혜와 동료였지만 일을 처리할 때는 서로 옳고 그름을 다투기도 하였다. 실혜는 정도를 지키고 구차하게 행동하지 않았다. 진제가 이를 시기하고 원망하여 여러 차례 왕에게 고자질했다.

"실혜는 지혜가 없고 성질이 급해서 곧잘 기뻐하거나 화를 내어, 비록 대왕의 말이라도 자기의 뜻에 맞지 않으면 분을 참지 못합니다. 만약 이를 징계하지 않는다면 장차 난을 일으킬 것입니다. 왜 그를 내쫓지 않습니까? 그가 수그러들기를 기다렸다가 그때 등용하여도 늦지 않을 것입니다."

왕은 이 말을 옳게 여겨 그를 영림으로 귀양 보냈다. 어떤 사람이 실혜에게 말했다.

"그대는 할아버지 때부터 충성스러운데다 나라의 재목이라 하여 세상에 이름이 났소. 이제 아첨 잘하는 신하가 참소하고 훼방하여, 멀리 죽령竹嶺 밖 황폐하고 궁벽한 곳에서 벼슬살이를 하게 되었으니, 통탄스럽지 않은가?

* 구분전(口分田) | 나라에 공을 세운 이들 가운데 생활의 능력이 없어진 이들에게 지급하던 토지.
* 한유(韓愈) | 당나라 초기의 문인. 고문을 완성시킨 문장의 성인으로 일컬어짐.

백육십오

왜 바른 대로 말하여 사실을 밝히지 않는가?"

"옛날 굴원*은 고고하고 충직하여 초나라의 왕에게서 쫓겨났고, 이사*는 충성을 다하다가 진나라의 극형을 받았다. 아첨 잘하는 신하가 임금을 헷갈리게 하여 충신이 배척당하는 것은 옛날에도 있었던 일이지. 그러니 무엇을 슬퍼하겠는가?"

그는 마침내 아무 말도 하지 않고 가서, 긴 시를 지어 자신의 뜻을 노래하였다.

물계자

물계자勿稽子는 내해 이사금 때 사람이다. 집안은 미천하였으나 사람됨이 활달하였으며, 젊어서는 장대한 뜻을 지니고 있었다.

이때 포상의 여덟 나라가 공모하여 아라국*을 쳤다. 아라의 사신은 신라에 와서 구원을 청하였다. 이사금은 왕족인 나음㮈音에게 가까운 군대 및 6부의 군사를 주어 그들을 돕게 하여, 마침내 여덟 나라의 병사를 격파하였다. 이 전쟁에서 물계자는 큰 공을 세웠으나, 나음에게 미움을 샀기 때문에, 그 공이 기록되지 않았다. 어떤 사람이 물계자에게 말했다.

"그대의 공이 컸는데도 기록이 되지 않아 원망스러운가?"

"무슨 원망이 있겠는가?"

어떤 사람이 또 말했다.

"왜 임금님께 아뢰지 않는가?"

"공을 자랑하고 이름을 구하는 것은 뜻있는 선비가 할 일이 아니다. 다만 마음을 갈고 닦아 뒷날을 기다릴 따름이다."

그로부터 3년이 지났다. 골포, 칠포, 고사포 세 나라 사람들이 와서 갈화성을 침공하자, 왕은 군사를 거느리고 나가 세 나라의 군사를 대파하여 구

---

* 굴원(屈原) | 전국시대 초나라의 충신. 나라가 망하게 되자 스스로 돌을 안고 강물에 뛰어들어 죽었다.
* 이사(李斯) | 전국시대 초나라 출신이나, 진시황을 도와 승상이 되었는데, 시황의 아들에게 미움을 받아 시장 거리에서 허리를 잘려 죽는 비극의 주인공이다.
* 아라국(阿羅國) | 어느 나라인지 정확하지 않음. 아마도 가라국 곧 가야를 일컫는 듯.

해 냈다. 이때도 물계자가 수십여 명을 잡아 목 베었으나, 공을 따질 때 또 소득이 없었다. 그러자 그는 그의 부인에게 말했다.

"일찍이 신하된 도리는, 위급한 것을 보면 목숨을 내놓고, 어려운 일을 당하면 자기 몸을 잊는다고 들었소. 전날의 포상과 갈화에서의 싸움은 위급하고도 어려운 일이었다고 할 수 있었건만, 목숨을 내놓거나 몸을 버리며 싸우지 못하였소. 이것이 세상에 알려졌으니, 장차 무슨 면목으로 거리에 나가겠소?"

그는 마침내 머리를 풀고 거문고를 지닌 채 사체산으로 들어가 다시는 나오지 않았다.

백결 선생

백결百結 선생은 어느 곳 사람인지 알 수 없다. 낭산 밑에 살았는데 아주 가난하였다. 백 군데나 기워, 마치 메추라기를 달아맨 것 같은 옷을 입고 다녔기 때문에, 당시 사람들이 동쪽 마을의 백결 선생이라고 불렀다.

그는 일찍이 영계기*라는 사람의 됨됨이를 흠모하여, 거문고를 가지고 다니면서, 기쁘고 성나고 슬프고 즐거운 일과 불평스러운 일을 모두 연주해 냈다.

* 영계기(榮啓期) | 중국의 춘추시대 곧 공자와 같은 때의 사람. 거문고를 뜯으며 일생을 낙천적으로 살았다.

한 해가 저물어 갈 무렵이었다. 이웃에서 곡식을 찧고 있었다. 그의 아내가 방아 소리를 듣고 말했다.

"남들은 모두 찧을 곡식이 있는데, 우리만 곡식이 없으니 무엇으로 설을 쇠나요?"

백결 선생이 하늘을 우러러 한탄했다.

"무릇 죽고 사는 것에는 운명이 있고, 부귀는 하늘에 달려 있어, 오더라도 막을 수 없고 가더라도 좇을 수 없는 법이거늘, 그대는 어찌하여 마음 아파 하는가? 내가 그대를 위하여 방아 소리를 내어 위로하겠소."

곧 거문고를 타서 방아 소리를 내었다. 세상에 이것이 전하는데 대악碓樂이라고 부른다.

검군

검군劒君은 구문仇文 대사의 아들로 사량궁의 사인으로 있었다.

건복 49년(627년) 8월이었다. 서리가 내려 모든 곡식을 죽이는 바람에, 이듬해 봄과 여름에는 엄청난 식량난이 닥쳤다. 백성이 자식을 팔아먹고 살기까지 하였다.

이때 궁중의 여러 사인이 공모하여 창예창의 곡식을 훔쳐서 나누어 가졌다. 그러나 검군만은 홀로 받지 않았다. 모든 사인이 말했다.

"여러 사람이 모두 받았는데, 그대만이 거절하니 무슨 일인가? 만일 적어서 그렇다면 더 주겠다."

검군이 웃으며 말했다.

"나는 근랑近郎의 집안에 이름을 두었고, 풍월도*의 마당에서 수행하였네. 실로 의롭지 않으면 천금의 이익이라도 내 마음을 움직일 수 없지."

대일大日 이찬의 아들이 화랑이 되어 '근랑' 이라 불렀으므로 이렇게 말한 것이다. 검군은 그곳을 나와 근랑의 집에 이르렀다.

사인들은 은밀히 의논하였다. 이 사람을 죽이지 않으면 틀림없이 말이 새나갈 것이라 생각했기 때문이다. 드디어 그를 불렀다. 검군은 그들이 자기를 죽이려는 음모를 꾸미는 줄 알았다. 검군이 근랑에게 하직하며 말했다.

"오늘 이후로는 다시 뵙지 못하겠습니다."

---

* 풍월도(風月道) | 화랑이 닦는 도를 표현하여 이르는 말.

근랑은 그 까닭을 물었다. 검군은 말하지 않다가, 또다시 묻자 그 이유를 대략 이야기하였다. 근랑이 검군에게 말했다.

"왜 관청에 사실을 말하지 않는가?"

"자기가 죽는 것을 두려워하여 여러 사람이 죄에 걸리게 하는 것은 인정상 차마 할 수 없는 일입니다."

"그러면 왜 도망하지 않느냐?"

"저들이 잘못되고 내가 바른데, 도리어 내가 도망한다면, 이는 사나이의 행동이 아닙니다."

검군은 말을 마치고 마침내 사인들에게 갔다.

여러 사인이 술을 대접하며 사죄하면서 검군 몰래 음식에 독약을 넣었다. 검군은 이를 눈치 채고도 일부러 그것을 먹고 죽었다.

군자가 말했다.

"검군은 죽을 자리가 아닌데 죽었으니, 이는 태산같이 소중한 목숨을 터럭보다 가벼이 여긴 것이라 하겠다."

김생

　김생金生은 부모가 미천하여 가문의 내력을 알 수 없다. 경운 2년(711년)에 태어났는데, 어려서부터 글씨를 잘 썼다.
　그는 평생 다른 기예는 닦지 않았으며, 나이 80세가 넘어서도 붓을 놓지 않았다. 예서와 행서 그리고 초서가 모두 신의 경지에 들 정도였다. 지금까지도 더러 그의 진필眞筆이 남아 있는데, 학자들이 보배처럼 전하고 있다.
　숭녕 연간(1102~1106년)에 학사 홍관洪灌이 진봉사를 따라 송나라에 들어가서 변경汴京에 묵고 있었다. 이때 한림대조인 양구와 이혁 등이 황제의 칙서를 받들고 숙소에 와 그림 족자에 글씨를 썼다. 홍관이 그들에게 김생이 쓴 행서와 초서 한 권을 보였다. 두 사람이 크게 놀라며 홍관에게 말했다.
　"오늘날 왕우군*의 친필을 보게 될 줄 몰랐다."
　"아니오. 이것은 신라 사람 김생이 쓴 것이오."
　"천하에 왕우군 말고 어찌 이런 신묘한 필체가 있겠소?"
　두 사람은 웃으며 그렇게 말했다. 홍관이 여러 번 말했지만 그들이 끝내 믿지 않았다.

---

* 왕우군(王右軍) | 중국 남북조시대의 명필 왕희지(王羲之).

솔거

　솔거率居는 신라 사람인데, 출신이 미천하여 가문의 내력을 기록해 놓지 않았다.

　그는 선천적으로 그림을 잘 그렸다. 그가 일찍이 황룡사 벽에 잘 자란 소나무를 그린 적이 있었다. 줄기가 비늘 같았으며, 가지와 잎이 구불구불하여, 까마귀, 솔개, 제비, 참새 등이 가끔 멀리서 그림을 바라보고 날아들다가, 벽에 부딪혀 떨어지곤 하였다.

　세월이 오래되어 색깔이 변하자 절의 승려들이 단청으로 덧칠을 하였다. 그 뒤 까마귀와 참새가 다시는 오지 않았다.

　경주 분황사의 관음보살과 진주 단속사의 유마화상도 모두 그가 그린 것이다. 세상 사람들이 대대로 신화神畵라고 말한다.

효녀 지은

효녀 지은知恩은 한기부 백성 연권連權의 딸이다. 그녀는 천성이 지극히 효성스러웠다. 어려서 아버지를 여의고 홀로 어머니를 모셨다.

여자는 나이 서른둘이 되어도 시집을 가지 않고, 어머니를 보살피기 위하여 곁을 떠나지 않았다. 봉양할 거리가 없으면 어떤 때는 품팔이도 하고, 어떤 때는 구걸도 하여 밥을 얻어 왔다.

그러한 생활이 오래되자, 피곤함을 이기지 못하여 부잣집에 가서 자청하여 몸을 팔아 종이 되고, 그 값으로 쌀 10여 석을 얻었다. 여자는 하루 종일 그 집에서 일을 해주고, 날이 저물면 밥을 지어서 돌아와 어머니를 봉양하였다.

이렇게 3, 4일 지나자 어머니가 딸에게 말했다.

"전에는 밥이 나빠도 맛이 좋았는데, 지금은 밥이 좋은데도 맛이 옛날만 못하고, 마치 살 속을 칼로 찌르는 듯하니, 이것이 웬일이냐?"

딸은 사실대로 아뢰었다. 어머니가,

"나 때문에 너를 종이 되게 하였으니 차라리 빨리 죽는 편이 낫겠다."

고 하면서, 소리를 내어 크게 우니, 딸도 따라 울었다. 슬픈 울음소리가 길 가는 사람들을 감동시켰다.

이때 효종랑이 지나가다가 그것을 보고 돌아와서, 부모에게 부탁하여 자기 집 곡식 100석과 옷가지를 실어다 주었다. 그리고 여자가 몸을 판 사람에게 값을 치러 주고 양민으로 돌아가게 했다. 이 소식을 들은 화랑 몇 천 명이 각각 곡식 1섬씩을 주었다.

　대왕이 이 말을 들었다. 왕도 벼 500석과 집 한 채를 하사하고, 부역을 면제하여 주었다. 나아가 곡식이 많아 도둑이 들까 염려하여 군사를 보내 교대로 지켜 주게 하였다. 그리고 그 마을을 효양방이라 하고, 당나라 왕실에도 글을 올려 그녀의 아름다운 행실을 알렸다.

　세 번째 재상인 서발한 인경의 아들 효종(랑)은 어릴 때 이름이 화달이었다. 왕은 효종랑이 비록 나이 어리지만 어른스러운 면이 있다고 여겨, 곧 형인 헌강왕의 딸을 주어 아내로 삼게 하였다.

설씨와 가실의 사랑

1

설씨薛氏라는 여자는 율리에 사는 평범한 집안의 딸이었다. 비록 가난하고 외로운 집안이었으나, 용모가 단정하고 품행이 얌전하여, 보는 이들이 모두 그 아름다움에 반하였지만, 감히 가까이 가지는 못했다.

　진평왕 때였다. 그의 아버지가 연로함에도 불구하고 정곡正谷에서 곡식을 지키는 당번을 서게 되었다. 딸은 아버지가 노쇠하고 병들어 차마 멀리 보낼 수 없었다. 여자의 몸으로 아버지를 모시고 갈 수도 없어서 그저 고민만 하고 있었다.

2

사량부 소년 가실嘉實은 비록 가난하고 궁핍하나 의지를 곧게 기른 남자였다. 일찍이 아름다운 설씨를 좋아하면서도 어떻게 말을 붙이지 못하고 있었다. 그는 설씨가, 아버지가 늙은 몸으로 당번을 서게 되었음을 걱정한다는 말을 듣고, 마침내 설씨에게 말했다.

　"내 비록 일개 나약한 사나이지만, 일찍이 의지와 기개 하나로 자부하던 터요. 이 몸이 그대 아비의 일을 대신 해주기 바라오."

　설씨가 매우 기뻐하며 아버지에게 들어가 이 일을 알렸다. 아버지가 그를 불러서 말했다.

　"그대가 이 늙은이의 당번을 대신하고자 한다는 말을 들으니, 기쁘고도 송구스러워서 어쩔 줄을 모르겠네. 보답을 하고 싶은데, 만약 그대가 어리석고 누추하다 하여 버리지 않는다면, 어린 딸을 주어 받들게 하고 싶네."

가실은 다시 절하며 말했다.

"감히 바랄 수는 없으나 원하는 바였습니다."

이에 가실이 물러나와 혼인할 기일을 청하였다. 설씨가 말했다.

"혼인은 인간의 대사이니, 쉽사리 서두를 필요는 없습니다. 제가 이미 마음을 허락하였으니, 죽는 한이 있더라도 변함이 없을 것입니다. 그대가 당번으로 나갔다가 교대하여 돌아온 뒤에 날을 받아 혼례를 치르도 늦지 않을 것입니다."

그녀는 말을 마치고, 거울을 절반으로 나누어 각각 한 쪽씩 지니며 말했다.

"이것을 신표로 삼아 뒷날 맞추어 봅시다."

가실에게는 말 한 필이 있었다. 그는 설씨에게 말했다.

"이것은 천하의 좋은 말이라오. 훗날 반드시 쓸 데가 있을 것이오. 지금 내가 가고 나면 기를 사람이 없으니 여기에 두었다가 쓰기 바라오."

그는 드디어 설씨와 작별하였다.

3

때마침 나라에 일이 있어서, 기한 내에 교대해 주지 않는 바람에, 가실은 6년이 지나도록 돌아오지 못하였다. 아버지가 딸에게 일렀다.

"처음에 3년을 기한으로 하였는데, 지금 이미 기한이 지났으니, 다른 집으로 시집을 가야겠다."

"옛날에 아버지를 편안하게 하기 위하여 억지로 가실과 약속하긴 했지요. 가실은 그것을 믿었으므로 여러 해 동안 군대에 나가 춥고 배고픈 고생을 하고 있습니다. 하물며 적의 국경에 가까이 있어 손에서 무기도 놓지 못하고요. 호랑이 입에 다가가 언제 물릴지 모르는 것처럼 염려되는데, 신의를 버리고 약속을 어기는 것이 어찌 사람의 정이겠습니까? 아무래도 아버지의 명령을 따를 수가 없습니다. 다시는 말씀하지 마세요."

 그 아버지는 늙어 정신이 맑지 않았다. 딸이 다 크도록 짝이 없는 것이 걱정되어, 억지로 시집을 보내려고 몰래 마을 사람과 혼인을 약속하고, 날을 정해 그 사람을 맞아들였다. 설씨는 굳이 거절하고 몰래 도망하려 했으나 뜻을 이루지 못했다. 마침 마구간에 가서 가실이 두고 간 말을 보고 한숨을 쉬면서 눈물을 흘렸다.

4

가실이 교대되어 돌아왔다. 그의 얼굴은 초췌하고 의복이 남루하여, 집안사람들도 알아보지 못하고 다른 사람이라 하였다.

 그러자 가실은 앞으로 나아가 깨어진 거울을 던졌다. 설씨가 이것을 받아 들고 소리 내어 울고, 아버지와 집안사람들은 기뻐서 어쩔 줄을 몰랐다. 마침내 다른 날로 약정하여 서로 만나 해로하였다.

도미의 처

1

도미都彌는 백제 사람이다. 비록 하층민에 들어 있었으나 의리에 자못 밝았다. 그의 아내는 예쁘기도 하고 절조 있는 행실을 하여, 모든 사람이 칭찬하였다.

2

개루왕이 이를 듣고 도미를 불러 말했다.

 "대체로 부인의 덕은 정결을 으뜸으로 치지만, 만일 어둡고 사람이 없는 곳에서 달콤한 말로 유혹하면, 마음이 흔들리지 않는 사람이 드물 것이다."

 "사람의 정은 헤아릴 수 없는 것이지만, 저의 아내와 같은 여자는 죽어도 변함이 없을 사람입니다."

3

왕이 이를 시험해 보기로 하였다. 일을 핑계로 도미를 붙잡아 두고, 가까운 신하 한 사람을 도미의 집으로 보냈다. 그러고는 왕의 의복과 말과 종자를 가장하여, 사람을 보내 미리 왕이 온다고 알리게 하였다. 가짜 왕이 부인에게 말했다.

 "내가 오래전부터 네가 예쁘다는 말을 듣고 도미와 내기를 하여 이겼다. 내일 너를 데려다가 궁인으로 삼을 것이니, 지금부터 네 몸은 내 것이다."

그러면서 덤벼들려 하자 부인이 말했다.

"국왕은 망언을 하지 않을 것이니, 제가 어찌 감히 순순히 따르지 않겠습니까? 바라건대 대왕께서는 먼저 방으로 들어가소서. 제가 옷을 갈아입고 들어가겠습니다."

부인은 물러나와 어여쁜 여종 하나를 단장시켜 모시게 하였다.

왕이 나중에 속은 것을 알았다. 크게 화를 내며 도미에게 죄를 씌워서 그의 두 눈을 뽑아 버리고, 사람을 시켜 끌어내어 조그마한 배에 싣고 강으로 띄워 보냈다. 이윽고 부인을 끌어들여 억지로 간음하려 하자 부인이 말했다.

"이제 이미 남편을 잃어 혼자 몸으로는 스스로 살아갈 수 없사온데, 더구

나 왕을 모시게 되었으니 어찌 감히 어기겠습니까?
그러나 지금은 제가 월경으로 온몸이 더럽습니다.
다른 날 목욕을 깨끗이 한 뒤에 오겠습니다."
 왕이 이를 믿고 허락하였다.

4

부인은 곧 도망하여 강 어귀에
이르렀다. 그러나 건널 수가
없어서 하늘을 바라보며 통곡하고 있었다.
갑자기 배 한 척이 물결을 따라 다가왔다. 부인은
그 배를 타고 천성도에 이르러 남편을 만났다.

 남편은 아직 죽지 않고 풀뿌리를 캐어 먹으며 살고 있었다. 그들은 마침내 함께 배를 타고 고구려의 산산 밑에 이르렀다. 고구려 사람들이 그들을 불쌍히 여겨 옷과 밥을 주었다. 그리하여 겨우 살아나 객지에서 일생을 마쳤다.

제9권

창조리
연개소문

창조리

창조리倉助利는 고구려 사람이다. 봉상왕(292~300년) 때 국상이 되었다.

그때는 모용외*가 변경의 걱정거리가 되어 있었다. 왕이 여러 신하에게 일렀다.

"모용씨는 병력이 강력하여 여러 차례 우리의 영토를 침범하니 이를 어찌할 것인가?"

이에 창조리가 대답했다.

"북부대형 고노자高奴子가 현명하고도 용감하니, 대왕께서 외적을 막아 백성을 편안하게 하시려면, 고노자가 아니고는 쓸 만한 자가 없습니다."

왕이 고노자를 신성 태수로 삼으니, 모용외가 다시는 오지 못했다.

9년(300년) 8월에 왕이 열다섯 살 이상 되는 전국의 장정을 강제로 뽑아서 궁실을 수리하게 하였다. 백성은 식량이 부족하고 노역에 시달리게 되어 고향을 떠나 유랑 생활을 하였다. 창조리가 간곡히 말했다.

"하늘의 재앙이 거듭되고 곡식이 잘 익지 않아서, 백성은 살 곳을 잃고, 장정들은 사방으로 유랑하고, 노인과 아이들은 구렁텅이에서 뒹굴고 있습니다. 그러니 지금은 참으로 하늘을 두려워하고 백성을 걱정하며, 두려움을 지니고 자신을 반성할 때입니다.

대왕께서는 이것을 생각하지 않으시고, 굶주림에 허덕이는 백성을 부려

---

* 모용외(慕容廆) | 선비족의 족장인데, 그의 아들에 이르러 5호 16국의 하나인 연(燕)나라를 세움.

토목공사에 시달리게 하시니, 이것은 백성의 부모 된 사람이 할 일과는 크게 어긋납니다.

더구나 가까운 이웃에 강한 적이 있는데, 만약 우리가 피폐해진 틈을 타서 그들이 쳐들어온다면, 이 나라와 백성을 어떻게 하시렵니까? 대왕께서는 깊이 생각하시기 바랍니다."

왕은 화를 냈다.

"임금이란 백성이 우러러 보는 존재다. 궁실이 웅장하고 화려하지 않으면 위엄을 보일 수 없다. 이제 상국은 과인을 비방하여 아마도 백성의 칭송을 얻으려는 모양이구나."

"임금이 백성을 불쌍히 여기지 않으면 인자한 것이 아니며, 신하가 임금에게 간언을 하지 않으면 충성이 아닙니다. 신은 이미 국상의 자리를 이어받고 있으므로 감히 말하지 않을 수 없었습니다. 어찌 감히 백성의 칭송을 바라겠습니까?"

"국상은 백성을 위하여 죽으려는가? 다시 말하지 말기 바란다."

왕이 웃으며 그렇게 말하자, 조리는 왕에게 뉘우칠 뜻이 없음을 알고 물러나와, 여러 신하와 함께 폐위시킬 것을 모의했다. 왕은 사태를 모면할 수 없음을 알고 스스로 목매달아 죽었다.

연개소문

피의 숙청 그리고 연개소문의 등장

개소문蓋蘇文은 성이 천씨*다. 스스로 물속에서 났다고 하며 사람들을 미혹시켰다. 그는 겉모습이 웅장하고 의기가 호방하였다.

그의 아버지 동부대인 대대로가 죽자, 개소문은 마땅히 뒤를 이어야 했다. 그러나 나라 사람들은 그를 미워하였다. 그의 성품이 잔인하고 포악하였기 때문이다. 그래서 뒤를 잇지 못하게 되었다. 소문이 머리를 조아리며, 여러 사람에게 사죄하고, 그 직위를 이어받기를 간청하였다. 만약 옳지 않은 행위를 하면 물러나게 해도 후회하지 않겠다고 하였다. 여러 사람이 불쌍히 여겨 마침내 이를 허락하였다.

막상 직위를 계승하더니 흉포하고

---

* 천(泉)씨 | 대신에 연(淵)씨라고도 함.

잔인하여 무도한 행동을 하였다. 이에 따라 여러 대인이 왕과 은밀하게 모의하여 그를 죽이려 하였으나 그만 비밀이 새어 나가고 말았다.

소문은 자기 부의 군사를 전부 모아 마치 사열*하는 것처럼 하고, 동시에 성 남쪽에 술과 음식을 성대히 차려 놓고, 여러 대신을 불러서 함께 사열하기를 권하였다. 손님들이 오자 그는 그들을 모조리 죽여 버렸다. 사망자는 모두 100여 명에 이르렀다.

곧이어 궁중으로 달려 들어가 왕을 죽이고 몇 토막으로 잘라서 구덩이에 버렸다. 그러고는 왕의 동생의 아들 장*을 왕으로 세우고 스스로 막리지가 되었다. 이 관직은 당나라의 병부상서 겸 중서령의 직위에 해당한다.

도교를 받아들이다

이렇게 되자 그는 온 나라를 호령하고 나랏일을 마음대로 휘둘러 위세가 대단하였다.

몸에 칼을 다섯 자루나 차고 다녔으니, 좌우에 있는 사람들이 아무도 그를 감히 쳐다보지 못했다. 말에 오르내릴 때마다 항상 귀인과 무장을 땅에 엎드리게 하여 발판으로 삼았다. 외출할 때는 반드시 대오를 벌려 세우고 갔는데, 앞에서 대오를 인도하는 사람이 길게 외치면, 사람들이 모두 도망치면서 구덩이나 골짜기도 피하지 않았다.

사람들은 매우 괴로워했다.

당 태종은 개소문이 임금을 시해하고 나라의 일을 마음대로 휘두른다는 말을 듣고 그를 치려 하였다. 이때 장손 무기無忌가 말했다.

"소문은 자신의 죄가 큰 줄을 스스로 알고, 대국의 정벌을 두려워하여, 막아 낼 대책을 마련해 놓고 있습니다. 폐하께서는 조금 참고 계십시오. 그가 스스로 안심하여 나쁜 일을 더욱 마음대로 하고 난 뒤에 공격해도 늦지 않을 것입니다."

황제가 그의 말을 따랐다.

소문이 왕에게 말했다.

"중국에는 삼교*가 함께 행하여진다고 들었습니다. 그런데 우리나라에는 도교가 아직 없으니, 당에 사신을 보내 구해 오기를 바랍니다."

왕이 마침내 글을 보내 이를 청하였다. 당나라에서는 도사 숙달 등 여덟 명과 『도덕경』을 보내 주었다. 이에 고구려에서는 그들을 사찰에 묵게 하였다.

중국과 대항하다 맞은 최후

때마침 신라가 당에 가서 말했다.

"백제가 신라의 성 40여 개를 빼앗고, 또한 고구려와 군사를 연합하여, 신라가 당나라로 들어오는 길을 막으려 합니다. 우리가 부득이 군사를 출동시킬 것이니, 이에 맞추어 당나라 군대의 구원을 엎드려 빕니다."

이에 태종이 사농승 상리현장相里玄獎을 시켜 조서를 가지고 고구려에 와서 왕에게 황제의 명령을 내렸다.

"신라는 우리의 맹방*으로서 조공을 게을리 하지 않았다. 그대와 백제는 각각 군사를 거두어야 하리라. 만일 다시 공격한다면 내년에는 군사를 출동시켜 그대의 나라를 토벌하겠노라."

처음 현장이 국경에 들어왔을 때, 소문은 이미 군사를 거느리고 신라를

* 사열(査閱) | 군사들을 벌려 놓고 무력 시위를 벌임.
* 장(葬) | 죽은 왕은 영류왕이고, 새로 선 왕은 보장왕. 642년의 일로, 이때 신라는 선덕여왕 11년, 백제는 의자왕 2년.
* 삼교(三敎) | 유교와 불교 그리고 도교를 아울러 말한다.
* 맹방(盟邦) | 매우 가까운 관계의 나라.

쳤는데, 왕이 그를 소환하였다. 현장이 황제의 명령을 선포하자 소문이 말했다.

"옛날 수나라가 우리를 침략하였을 때, 신라가 이 틈을 타서 우리의 성읍 500리를 빼앗아 갔소. 이로부터 생긴 원한과 틈은 벌써 오래되었소. 만일 잃어버린 우리 땅을 돌려주지 않는다면 전쟁을 그만둘 수가 없소."

"지나간 일을 어찌 되새겨 말하는가? 지금의 요동은 본래 모두 중국의 군현이었으나, 중국에서는 이를 오히려 따지지 않았다. 어찌 고구려가 옛 땅을 찾아야겠다고 하는가?"

소문은 그의 말을 듣지 않았다. 현장이 돌아가서 사실대로 모두 알리자 태종이 말했다.

"개소문이 임금을 죽이고 대신들을 없앴으며, 백성을 못 살게 하더니, 이제 또 나의 명령을 어기는구나. 토벌하지 않을 수 없다."

태종은 다시 사신 장엄蔣儼을 보내 타일렀다. 그러나 소문은 끝내 조서를 받들지 않고 군사를 동원해 위협하였다. 사신이 이에 굴하지 않자 소문은 마침내 그를 굴속에 가두었다. 그러자 태종은 크게 군사를 일으켜 직접 정벌하였다. 이 사실은 모두 「고구려본기」에 적혀 있다.

소문은 건봉 원년(666년)에 죽었다.

연개소문의 아들 남생

아들 남생男生의 자는 원덕元德이다. 아홉 살에 아버지가 임명하여 선인先人이 되었다가 중리소형中裏小兄으로 영전되었다. 이는 당나라의 알자*에 해당하는 벼슬이었다. 남생은 또 중리대형이 되어 국정을 보살피게 되었는데, 모든 명령을 그가 주관하였고, 중리위두대형으로 승진하였다. 오랜 뒤에 막리지 겸 3군대장군, 그리고 결국 대막리지가 되었다.

남생이 여러 부에 나가서 다스리게 되자 그의 아우 남건男建과 남산男産이 나라의 일을 보살피게 되었다. 누군가 남건과 남산에게 말했다.

"남생은 그대들이 자신을 위협해 오는 것을 싫어하여 없애 버리려 하오."

그러나 남건과 남산은 이를 믿지 않았다.

또 어떤 자가 남생에게 남건과 남산이 자신을 받아들이지 않을 것이라고 말했다. 그러자 남생이 첩자를 보내 두 동생을 살펴보게 하였는데, 남건이 그 첩자를 잡아 두었다. 그리고 즉시 왕명을 가장하여 남생을 소환하니, 남생이 두려워하여 감히 들어가지 못했다.

남건이 남생의 아들 헌충獻忠을 죽였다. 남생은 도주하여 국내성을 지키다가, 무리를 거느리고 거란 그리고 말갈병과 함께 당나라에 투항하였다. 그는 아들 헌성獻誠을 보내 하소연하였다. 고종이 헌성에게 우무위장군을 제수하고, 수레와 말 그리고 비단과 보검을 주며, 돌아가서 보고하라 하였다.

또 설필하력에게 조서를 내려 군사를 거느리고 가서 도와주도록 했다. 남생은 겨우 죽음을 면했다. 평양도 행군대총관 겸 지절안무대사를 제수하였

---

* 알자(謁者) | 손님을 주인에게 인도하는 사람이라는 뜻으로 시대별로 달랐으나, 대체로 왕의 비서 역할을 맡았다.

다. 거가물, 남소, 창암과 같은 성이 항복하였다.

고종은 또 서대사인 이건역에게 명령하여, 남생에게 가서 위로하게 하고, 포대 금구 일곱 가지를 하사하였다. 이듬해 그를 조정에 불러들여서, 요동대도독 현토군공이라는 직함으로 바꾸고, 서울에 살 곳을 마련해 주었다. 그리고 조서를 내려 군대로 돌아가 이적李勣과 함께 평양을 공격하고, 성안으로 들어가 왕을 사로잡으라 하였다.

남생은 돌아와 우위대장군 변국공에 올랐다. 그는 46세에 죽었다.

남생의 성격은 매우 후덕하고 예의를 갖추었으며, 왕 앞에서 조리 있게 말을 했으며, 활을 잘 쏘았다. 그가 처음에 당나라에 이르러 작두에 머리를 대고 벌 받기를 기다렸으므로, 세상에서는 이것을 가지고 칭찬하였다.

남생의 아들 헌성

헌성은 천수 연간(690~691년)에 우위대장군으로 우림위를 겸하였다.

무후*가 일찍이 금붙이를 내놓고, 문무관 중에서 활 잘 쏘는 사람 다섯 명을 골라 이것을 상으로 주기로 하였다. 내사 장광보가 먼저 헌성에게 양보하여 그가 제일이 되었고, 헌성은 다시 우왕검위대장군 설토마지에게 양보하니, 마지는 또 헌성에게 양보하였다. 얼마 후에 헌성이 아뢰었다.

"폐하께서 활 잘 쏘는 사람을 뽑으셨지만 대부분 중국 사람이 아닙니다. 신은 당의 관리들이 활 쏘는 일을 수치스럽게 여길까 두렵사오니 그만두는 것이 낫겠습니다."

무후는 옳다고 여겨 받아들였다.

내준신이 한번은 헌성에게 재물을 요구했는데, 헌성이 이에 응하지 않았다. 이에 내준신은 헌성이 반역을 꾀한다고 거짓 정보를 흘려 목매어 죽였다. 무후가 나중에 헌성이 억울하게 죽은 것을 알았다. 우우림위 대장군을 추증하고, 예를 갖추어 다시 장사 지냈다.

따져 보면 이렇다.
송나라의 신종(1068~1085년)이 왕개보王介甫와 지난 일을 논했다.
"태종이 고구려를 쳤을 때, 왜 승리하지 못하였는가?"
"개소문은 비상한 인물이었습니다."
그런 정도였으니 소문 또한 재능 있는 인물이었다. 그러나 곧은 도리로써 나라를 받들지 못하고, 잔인 포악하여 제멋대로 행동하다가 반역자에 이른 것이다. 『춘추』에는, "임금이 시해되었는데도 역적을 토벌하지 못하면 나라에 사람이 없다고 한다." 하였다. 소문이 몸을 보전하여 집에서 죽은 것은 요행히 처단을 면한 것이라고 할 수 있다.

남생과 헌성은 비록 당나라의 황실에 이름이 알려졌지만, 본국의 입장에서 보자면 반역자라는 비난을 벗어날 수 없을 것이다.

---

* 무후(武后) | 당나라 중종(484~710년) 때 아들을 대신하여 정치를 한(484~704년) 측천무후를 말한다.

제10권

궁예
견훤

궁예

영웅의 탄생과 기구한 운명

궁예弓裔는 신라 사람이고 성은 김씨다. 아버지는 제47대 헌안왕이고, 어머니는 헌안왕의 후궁이었는데, 그 이름은 전해지지 않는다. 어떤 이는 궁예가 48대 경문왕 응렴의 아들이라고도 한다.

그는 5월 5일 외가에서 태어났다. 그때 지붕에 긴 무지개와 같은 흰빛이 나타나 위로 하늘에 닿았다. 일관日官이, "이 아이가 오午자가 거듭 들어 있는 날에 났고, 나면서 이가 있으며 특이한 빛도 비추었으니, 장차 나라에 이롭지 못할 듯합니다. 기르지 마셔야 합니다."고 하였다. 왕이 사람을 시켜 그 집에 가서 그를 죽이도록 하였다.

신하는 아이를 포대기 속에서 꺼내어 다락 밑으로 던졌다. 그런데 젖 먹이던 종이 아이를 몰래 받아 들다가 잘못하여 손으로 눈을 찔렀다. 이리하여 그는 한 쪽 눈이 멀었다.

종은 아이를 안고 도망하여 숨어서 고생스럽게 길렀다. 열 살이 되어도 장난만 치자 종이 그에게 말했다.

"네가 태어났을 때 나라의 버림을 받았다. 나는 이를 차마 보지 못하여 오늘까지 몰래 너를 길러 왔다. 그러나 너의 미친 행동이 이와 같으니 반드시 남들에게 알려질 것이다. 그렇게 되면 나와 너는 함께 화를 벗어나기 힘들 터, 이를 어찌하겠느냐?"

"만일 그렇다면 내가 이곳을 떠나 어머니의 근심거리가 되지 않도록 하겠습니다."

 궁예는 울면서 말하고 곧 세달사로 갔다. 지금의 흥교사가 바로 그 절이다. 그는 머리를 깎고 중이 되어 스스로 선종善宗이라고 불렀다.

흩어진 백성을 모으다

어른이 되어서는 중의 계율에 구애받지 않고 뱃심이 있었다.

 어느 날 재를 올리러 가는 길이었다. 까마귀가 무엇을 물고 와서 궁예의 바리때*에 떨어뜨렸다. 궁예가 그것을 보니 점을 치는 산가지였는데, 거기에는 왕이라는 글자가 쓰여 있었다. 궁예는 비밀에 부쳐 소문을 내지 않고 적이 자부심을 가졌다.

 신라 말기에 정치가 거칠어지고 백성이 흩어져, 서울과 근교에 있는 주현 중에서 조정을 반대하고 지지하는 수가 반반씩이었다. 그리고 여기저기서 도적이 벌 떼처럼 일어나고 개미같이 모여들었다. 선종은 이를 보고 생각했다.

 '혼란한 틈을 이용하여 무리를 끌어 모으면 내 뜻을 이룰 수 있겠다.'

 진성왕 재위 5년, 대순 2년(891년)에 그는 죽주에 있는 반란군의 괴수 기훤箕萱의 휘하로 들어갔다. 그러나 기훤은 오만무례하였다. 선종은 화가 치밀어 스스로 마음을 정하지 못하고 있다가, 기훤의 휘하인 원회, 신헌 등과 비밀리에 결탁하여 벗을 삼았다.

 경복 원년(892년)에 북원의 반란군 양길梁吉의 휘하로 들어갔다. 양길은 그를 우대하고 일을 맡겼으며, 군사를 주어 동쪽으로 신라의 영토를 공략하게 하였다. 이에 선종은 치악산 석남사에 묵으면서 주천, 나성, 울오, 어진 등의 고을을 습격하여 모두 항복시켰다.

 건녕 원년(894년)에 명주로 들어가 3,500명을 모집하여, 이를 14개 대오로

편성하였다. 그는 김대검, 모흔, 장귀평, 장일 등을 사상*으로 삼고, 사졸과 함께 고생하며, 주거나 빼앗는 일까지도 공평무사*하였다. 이에 따라 여러 사람이 그를 마음속으로 두려워하고 사랑하여 장군으로 추대하였다.

이로부터 저족, 생천, 부약, 금성, 철원 등의 성을 쳐부쉈다. 군대가 무척 강하였으며, 패서*에 있는 적들이 선종에게 와서 항복하는 자가 많았다.

나라를 세워 왕이 되다

선종은 속으로 생각했다.

'무리가 많으니 나라를 창건하고 스스로 임금이라고 일컬을 만하다.'

그래서 안팎으로 관직을 설치하기 시작하였다.

우리 태조*가 송악군으로부터 선종에게 가서 의탁하자 대뜸 철원군 태수를 제수하였다. 태조는 3년(896년)에 승령, 임강의 두 고을을 쳐서 빼앗았으며, 4년(897년)에는 인물현이 항복하였다. 선종은 송악군이야말로 한강 북쪽의 이름난 고을이며 산수가 아름답다고 생각했다. 그래서 그곳에 도읍을 정하였다.

양길은 그때까지 북원에 있으면서 국원 등 30여 성을 빼앗아 가지고 있었다. 선종의 지역이 넓고 백성이 많다는 말을 듣자 크게 화를 냈다. 곧 30여 성의 강병으로 선종을 습격하려 하였다. 선종이 이 기미를 알아차리고 먼저 양길을 쳐서 크게 물리쳤다.

선종은 광화 원년(898년) 봄 2월에 송악성을 수축하였다. 우리 태조를 정기

---

* 바리때 | 승려들이 쓰는 밥그릇.
* 사상(舍上) | 장수를 보좌하는 부장(副將)을 말한다.
* 공평무사(公平無私) | 모든 일을 공정하게 하여 사사로이 처리하지 않음.
* 패서(浿西) | 대동강의 서쪽.
* 태조 | 고려의 창건주 왕건(王建).

대감으로 삼고, 양주와 견주를 쳤다.

겨울 11월에 팔관회를 시작하였다.

3년(900년)에 다시 태조로 하여금 광주, 충주, 당성, 청주, 괴양 등의 고을을 공격하여 평정하도록 하였다. 이러한 전쟁에서 세운 공으로 말미암아 선종은 태조에게 아찬의 위품을 주었다.

천복 원년(901년)에 선종이 왕을 자칭하고 사람들에게 말했다.

"이전에 신라가 당나라로부터 군대를 불러들여 고구려를 격파하였기 때문에, 평양의 옛 서울이 황폐하여 풀만 성하게 되었으니, 내가 반드시 그 원수를 갚겠다."

아마도 태어나서 버림받은 일을 원망하여 이러한 말을 한 것으로 보인다.

언젠가 남쪽 지방을 다니다가, 홍주* 부석사에 이르러 벽화에 있는 신라 왕의 화상을 보았다. 바로 칼을 뽑아 그것을 쳤는데, 칼자국이 아직도 남아 있다.

천우 원년(904년)에 나라를 창건하여 국호를 마진摩震이라 하고 연호를 무태武泰라 하였다. 이때 처음으로 광평성 등을 만들고, 정광 등의 직품을 두었다. 가을 7월에 청주의 민가 1,000호를 철원성에 옮겨 살게 하고, 이를 서울로 정하였다. 상주 등 30여 주를 쳐서 빼앗았다. 공주장군 홍기가 항복해 왔다.

천우 2년(905년)에 궁예는 새로운 서울로 가서 궁궐과 누대를 대단히 사치스럽게 지었다. 연호였던 무태를 고쳐 성책聖冊 원년이라 하였다. 패서 13진을 나누어 정하자, 평양성주인 장군 검용이 항복하여 왔다.

* 홍주(興州) | 지금의 영주.

왕이 된 궁예의 끝없는 만행

선종은 자기의 강대한 기세를 믿고 신라를 치려 하였다. 그는 사람들에게 신라를 멸도滅道라고 부르게 하였으며, 신라에서 오는 사람은 모조리 죽여 버렸다.

후량 건화 원년(911년)에 연호였던 성책을 고쳐 수덕만세水德萬歲 원년이라 하고, 국호를 태봉泰封이라 하였다. 태조를 시켜 군사를 거느리고 금성 주변을 쳤다. 금성을 나주로 고치고, 전공을 논하여 태조를 대아찬장군으로 삼았다.

선종은 스스로 미륵불이라 부르며, 머리에 금빛 고깔을 쓰고, 몸에 방포를 입었다. 맏아들을 청광보살이라 하고, 막내아들을 신광보살이라 하였다. 외출할 때는 항상 백마를 탔는데, 채색 비단으로 말갈기와 꼬리를 장식하고, 동남동녀童男童女에게 일산과 향과 꽃을 받쳐 들고 앞을 인도하게 하였다. 또 비구 200여 명에게 범패를 부르면서 뒤따르게 하였다.

또 스스로 불경 20여 권을 저술하였다. 그러나 내용이 요사스러워 모두 바르지 않았다. 선종은 때로는 단정하게 앉아서 설교를 하였다. 승려 석총이 말했다.

"전부 요사스러운 말이요 괴이한 이야기군요. 남을 가르칠 수 없습니다."

선종이 이를 듣고 화를 내며 철퇴로 쳐 죽였다.

3년(913년)에 태조를 파진찬 시중으로 삼았다.

4년(914년)에 연호였던 수덕만세를 고쳐서 정개政開 원년이라고 하였으며, 태조를 백선장군으로 삼았다.

정명 원년(915년)에 부인 강씨가, 왕이 옳지 못한 일을 많이 한다 하여, 낯빛을 바로 하고 간하였다. 왕이 부인을 미워하여 말했다.

"네가 다른 사람과 간통하니 웬일이냐?"

"어찌 이런 일이 있겠습니까?"

"나는 신통력으로 보고 있다."

뜨거운 불로 쇠공이를 달구어 음부를 쑤셔 죽이고 그의 두 아이까지 죽였다.

그 뒤로 의심이 많고 곧잘 성을 내므로, 여러 보좌관과 장수 그리고 관리로부터 평민에 이르기까지, 죄 없이 죽는 일이 자주 일어났다. 부양과 철원 사람들이 그 해독을 참을 수가 없었다.

새로운 왕이 나타날 징조

이에 앞서 상인 왕창근이란 자가 당나라에서 와서 철원의 시장에 살기 시작하였다. 정명 4년(918년)에 시장 거리에서 한 사람을 만났다. 이 사람은 생김새가 헌칠하고 머리카락이 모두 희었다. 옛날 옷을 입었는데, 왼손에는 자기 사발을, 오른손에는 오래된 거울을 들고 있었다. 이 이가 창근에게 말했다.

"내 거울을 사겠는가?"

창근은 곧 쌀을 주고 그것과 바꾸었다. 이 사람은 쌀을 거리에 있는 거지 아이들에게 나누어 주더니 간 곳을 알 수 없었다.

창근은 그 거울을 벽에 걸어 두었다. 해가 거울에 비치자 가는 글씨가 보였다. 그것을 읽어 보니 옛 시와 같은데, 내용이 대략 다음과 같았다.

하늘님이 아들을 진마에 내려 보내니
먼저 닭을 잡고, 뒤에는 오리를 잡을 것이며
사믄년 중에는 두 마리 용이 나타나는데
한 마리는 푸른 나무에 몸을 감추고
한 마리는 검은 쇠 동쪽에 몸을 나타낸다.

이백오

창근은 처음에 글이 있는 줄을 몰랐다. 그러나 이를 발견한 뒤에는 평범한 것이 아니라고 생각하여 마침내 왕에게 알렸다.

왕이 관리에게 명하여 창근과 함께 그 거울의 주인을 수소문했지만 찾을 수 없었다. 다만 발삽사 불당에 진성鎭星의 조소상이 있었는데, 모습이 그 사람과 같았다. 왕이 한참 한탄하고 이상하게 여기다가, 문인 송함홍, 백탁, 허원 등에게 시켜 그 뜻을 해석하게 하였다.

함홍 등이 모여 서로 말했다.

"상제가 아들을 진마에 내려 보냈다는 것은 진한과 마한을 말한 것이다. 두 마리 용이 나타났는데, 한 마리는 푸른 나무에 몸을 감추고, 한 마리는 검은 쇠에 몸을 나타낸다고 했다. 푸른 나무는 소나무를 말함이니, 송악군 사람으로서 용으로 이름을 지은 사람의 자손을 뜻한다. 이는 지금의 파진찬 시중(태조 왕건)을 이른 것이다. 검은 쇠는 철이니, 지금의 도읍지 철원을 뜻하는 바, 이제 왕이 처음으로 여기에서 일어났다가 마침내 여기에서 멸망할 징조이다. 먼저 닭을 잡고 뒤에 오리를 잡는다고 했다. 파진찬 시중이 먼저 계림을 빼앗고, 뒤에 압록강을 차지한다는 뜻이다."

그러면서 서로 말했다.

"지금 주상이 이렇게 포학하고 난잡하니, 우리가 만일 사실대로 말한다면, 우리가 젓갈이 될 뿐 아니라, 파진찬도 반드시 해를 당할 것이다."

그들은 이 때문에 거짓말로 지어내 보고하였다.

태조 왕건의 등장과 궁예의 최후

왕이 흉포한 일을 제멋대로 하니 신하들이 두려워 떨며 어찌할 바를 몰랐다.

여름 6월이었다. 장군 홍술, 백옥, 삼능산, 복사귀는 바로 홍유, 배현경, 신숭겸, 복지겸의 젊은 시절의 이름이다. 이 네 사람이 은밀히 모의하여 밤에

태조의 집에 가서 말했다.

"지금 임금이 마음대로 형벌을 남용하여, 아내와 아들을 죽이고, 신하들을 살육하며, 백성이 도탄에 빠져서 도저히 살아갈 수가 없습니다. 예로부터 어지러운 임금을 폐하고, 밝은 임금을 세우는 것이 천하의 큰 의리입니다. 공께서 탕왕과 무왕의 일*을 실행하기 바랍니다."

태조가 얼굴빛을 바꾸며 거절했다.

"나는 내가 충성스럽고 순직한 것으로 자처하여 왔다. 임금이 비록 포학하다고 하지만 감히 두 마음을 가질 수 없다. 무릇 신하가 임금의 자리로 바꾸어 앉는 것을 혁명이라 한다. 나는 실로 덕이 적은데 감히 은나라 탕왕과

---

* 탕왕과 무왕의 일 | 탕왕은 은(殷)나라를 세웠고, 무왕은 주(周)나라를 세웠다. 그처럼 새로 나라를 세우라 권하고 있음.

주나라 무왕의 일을 본받겠는가?"

"때는 두 번 오지 않습니다. 만나기는 어렵지만 놓치기는 쉽지요. 하늘이 주어도 받지 않으면 도리어 재앙을 입을 것입니다. 지금 정치가 어지럽고 나라가 위태로워, 백성이 모두 자기 임금을 원수와 같이 싫어하는데, 오늘날 덕망이 공보다 훌륭한 사람이 없습니다. 하물며 왕창근이 얻은 거울의 글이 저와 같은데, 어찌 가만히 엎드려 있다가, 한 필부匹夫의 손에 죽음을 당하겠습니까?"

마침 부인 유씨가 여러 장수가 의논하는 말을 듣고 태조에게 말했다.

"어진 자가 어질지 못한 자를 치는 것은 예로부터 그러하였습니다. 지금 여러분의 의논을 듣고 첩도 오히려 분노하게 되는데, 하물며 대장부로서야 어떠하겠습니까? 지금 여러 사람의 마음이 이렇듯 바뀌었으니, 천명이 돌아온 것입니다."

부인은 자기 손으로 갑옷을 들어 태조에게 바쳤다.

여러 장수가 태조를 호위하고 대문으로 나가면서, "왕공이 이미 정의의 깃발을 들었다."고 앞에서 외치게 하였다. 이에 앞뒤로 달려와서 따

르는 자의 수가 얼마인지 알 수 없었으며, 먼저 궁성 문에 다다라 북을 치고 떠들면서 기다리는 자도 1만여 명이나 되었다.

왕이 이 말을 듣고 어찌할 줄 모르다가, 누추한 사람의 차림으로 산의 숲 속으로 들어갔다. 그는 얼마 안 가서 부양 주민들에게 살해되었다.

궁예는 당나라 대순 2년(891년)에 일어나 후량 정명 4년(918년)까지 활동하였다. 앞뒤로 28년 만에 망한 것이다.

견훤

호랑이가 키운 아이

견훤甄萱은 상주 가은현 사람이다. 본디 성은 이씨였는데, 나중에 '견'으로 성씨를 삼았다. 부친 아자개는 농사를 지으며 생활하다가 뒤에 출세하여 장군이 되었다.

 처음에 견훤이 강보에 싸여 있을 때였다. 아버지는 들에서 밭을 갈고 있고, 어머니는 밥을 나르러 갔다. 아기를 수풀 밑에 두었더니 호랑이가 와서 젖을 먹였다. 마을 사람들이 그 이야기를 듣고 이상하게 여겼다. 과연 자라면서 체격이 웅대해지고 용모가 특이했으며, 기개가 호방하고 범상치 않았다.

 군사가 되어 서울에 들어왔다가, 서남쪽 바닷가로 가 수자리*를 살았다. 그는 창을 베고 적을 기다릴 정도로, 기백이 항상 다른 군인들을 앞섰다. 그곳에서 공로를 세워 비장裨將이 되었다.

 당나라 소종 경복 원년(892년)은 신라 진성여왕이 왕위에 오른 지 6년 되는 해인데, 총애하는 신하들이 곁에서 국권을 농락해 기강이 문란해졌고, 게다가 기근까지 겹쳐 백성이 흩어지고 도적들이 벌 떼처럼 일어났다.

그러자 견훤이 몰래 반심을 품고 무리를 불러 모았다. 그는 서울 서남쪽 고을들을 쳐부수고 다녔다. 그의 군대가 이르는 곳마다 백성이 호응해, 한 달 사이에 군사가 5,000명이나 되었다. 드디어 무진주를 치고 스스로 왕이 되었지만, 대놓고 왕이라 부르지는 못하고, 신라서남도통新羅西南都統 행전주자사行全州刺史 겸어사중승兼御史中丞 상주국上柱國 한남국개국공漢南國開國 公 식읍 2,000호라 하였다.

후백제를 세우고 왕이 되다

당시 북원에서는 도적 양길良吉이 막강했다. 궁예弓裔가 스스로 투항해 그 휘하에 들어가자, 견훤이 그 소문을 듣고 멀리서 양길에게 비장 벼슬을 주었다.

견훤이 서쪽으로 순행하면서 완산주에 이르자 고을 백성이 환영하면서 위로하였다. 그는 인심을 얻은 것을 기뻐하며 부하들에게 말했다.

"당나라 고종이 신라의 청을 받아들여, 장군 소정방을 보내 수군 13만 명을 거느리고 바다를 건너게 했으며, 신라 김유신이 군사를 몰아 황산을 거쳐 당나라 군사와 합쳐 백제를 쳐서 멸망하게 했다. 백제를 개국한 지 600여 년 만의 일이었다. 내 이제 어찌 도읍을 세워 묵은 울분을 씻지 않으랴."

그가 드디어 후백제의 왕이라 스스로 부르면서, 관청을 설치하고 직책을 나눠 주었다. 이때가 당나라 광화光化 3년(900년)이고, 신라 효공왕 4년이었다.

오월국에 사신을 보내 예방하니 오월왕이 답례로 사신을 보내고, 동시에

---

* 수(戍)자리 ǀ 전방에 나가 군대 생활을 하는 것.

견훤에게 검교 태보의 벼슬을 주고 나머지 직위는 전과 같게 하였다.

천복 원년(901년)에 견훤이 대야성을 쳤으나 함락시키지 못했다. 개평 4년(910년)에 금성(경주)이 궁예에게 귀순한 데에 화를 내고, 보병과 기병 3,000명으로 금성을 포위 공격, 열흘이 지나도록 풀지 않았다. 건화 2년(912년)에는 견훤이 덕진포에서 궁예와 싸웠다.

정명 4년(918년)에 철원경의 인심이 갑자기 변하여 우리 태조를 추대하여 즉위케 하였다. 견훤이 이 말을 듣고 가을 8월에 일길찬 민각을 보내 축하하고, 이어 공작선과 지리산의 대나무 화살을 바쳤다. 또한 오월국에 사신을 보내 말을 진상하니, 오월왕이 답례로 사신을 보내고, 견훤에게 중대부 벼슬을 더하여 주고 나머지 직위는 전과 같게 하였다.

6년(920년)에 견훤이 보병과 기병 1만을 거느리고 대야성을 공격하여 함락시킨 다음 군사를 진례성으로 옮겼다. 신라왕이 아찬 김률을 보내 태조에게 원조를 청하였으므로, 태조가 군사를 출동시켰다. 견훤은 이 소식을 듣고 물러갔다. 견훤은 우리 태조와 겉으로는 화친하는 것 같았지만 속으로는 상극이었다.

동광 2년(924년) 7월에 견훤은 그의 아들 수미강을 보내 대야, 문소 두 성의 군사를 동원하여 조물성을 공격하였다. 그러나 성안 사람들이 태조를 위하여 굳게 수비하면서 싸웠으므로, 수미강이 실패하고 돌아갔다. 8월에 견훤이 사신을 보내 태조에게 얼룩말을 바쳤다.

포석정의 비극

3년(925년) 10월에 견훤이 기병 3,000명을 거느리고 조물성에 이르렀다. 태조도 정예 군사를 거느리고 와서 서로 겨루게 되었다. 그러나 당시 견훤의 군사가 매우 강하여 승부를 내지 못했다. 태조가 임시로 평화를 유지하는

술책을 썼다. 견훤의 군사를 피곤케 하고자 글을 보내 화친을 청하고, 동생인 왕신을 인질로 보낸 것이다. 견훤도 그의 사위 진호를 보내 인질을 교환하였다.

12월에 견훤이 거창 등 20여 성을 쳐서 빼앗고 후당에 사신을 보내 속국이라 일컬으니, 당나라에서 그를 '검교태위 겸 시중 판백제군사'로 책봉하고, 종전의 '지절도독 전무공등주군사 행전주자사 해동서면도통지휘병마제치등사 백제왕'과 식읍 2,500호를 그대로 유지하게 하였다.

4년(926년)에 진호가 갑자기 죽었다. 견훤은 이 소식을 듣고 그들이 일부러 죽인 것이라고 의심하였다. 그는 곧 왕신을 옥에 가두고, 사람을 태조에게 보내 전년에 주었던 얼룩말을 돌려보내라고 요청하였다. 태조가 웃으면서 그 말을 돌려주었다.

천성 2년은 정해년(927년)인데, 9월에 견훤이 근품성近品城을 쳐서 불태우자, 신라왕이 태조에게 구원을 요청하였다. 태조가 곧 출병하려 하자, 견훤이 고울부高蔚府를 습격해 차지하고, 어시림於始林으로 진군해 마침내 신라 왕도까지 들어갔다.

신라의 왕은 부인과 함께 포석정에 나가 놀고 있다가 크게 당하고 말았다.

견훤이 부인을 끌어다 강제로 욕보이고, 왕의 집안 동생 김부金傅를 세워 왕위를 잇게 했다. 그런 다음 왕의 동생 효렴과 재상 영경을 사로잡고, 또 나라의 진기한 보물과 무기 및 자녀들과 온갖 기술자 중에 뛰어난 자들을 쓸어가지고 돌아갔다.

태조가 정예 기병 5,000명을 거느리고 공산公山 아래에서 견훤을 만나 크게 싸웠는데, 태조의 장수 김락金樂과 신숭겸申崇謙은 전사했고, 모든 군사가 패배했다. 태조도 겨우 몸만 빠져나왔다. 견훤을 대적하지 못한 채 그가 하는 대로 내버려 두었다. 견훤은 승세를 타고 대목성大木城을 쳤다.

거란의 사신인 사고, 마돌 등 35명이 와서 예방하니, 견훤이 장군 최견에게 마돌 등을 동반하여 전송하게 하였는데, 그들은 바다를 거쳐 북으로 가다가 풍랑을 만나서 당나라 등주에 도착하여 모두 학살되었다.

신라의 왕과 신하들이, "신라는 이미 쇠퇴해져서 다시 일어나기 어렵다."고 하면서, 우리 고려의 태조를 이끌어 화친을 맺고 구원을 청하려 하였다. 견훤이 이를 듣고 또다시 왕도에 들어가 포악한 짓을 저지르려고 했지만, 태조가 먼저 들어갈까 두려워 태조에게 글을 보냈다.

견훤이 왕건에게 보낸 편지

"일전에 신라 재상 김웅렴金雄廉 등이 그대를 서울로 불러들이려 한다고 들었소.

이는 마치 작은 자라가 큰 자라의 소리에 응하는 것과 같고, 메추라기가 새매의 날개를 펼치는 것과 같소.

분명 사람들이 도탄에 빠지고 종묘사직이 폐허가 될 것이오.

그러므로 내가 먼저 채찍을 잡고 홀로 도끼를 휘둘러* 밝은 해와 같이 모든 신하에게 맹서하고, 의리 있는 기풍으로 온 백성을 타일렀소. 그랬더니 뜻밖에 간신들이 달아나고 임금이 세상을 떠나, 경명왕의 한 집안 동생이며 헌강왕의 외손자를 받들어 권해, 높은 자리에 올라 위태로운 나라를 다시 세우게 했소. 임금 없는 나라에 임금이 있게 하려는 뜻이 바로 여기에 있었소.

그런데 족하는 이 충고를 자세히 살피지도 않고, 한갓 떠도는 말만 듣고서 온갖 계략으로 넘보고 여러 방면으로 침략하고 있소. 그러나 아직 나의 말머리도 보지 못하고, 나의 쇠털 하나 뽑지 못했소. 초겨울에는 도두 색상素湘이 성산 싸움에서 손이 묶였고, 이 달에는 좌장군 김락金樂이 미리사 앞에서 해골을 햇볕에 쬐었소. 죽이고 얻은 것이 많으며 쫓아가 사로잡은 것도 적지 않음을 보아, 강약이 이와 같으니 우리의 승패도 알 수가 있을 것이오.

내가 바라는 것은 평양의 누각에 활을 걸고, 대동강의 물을 말에게 먹이는 것이오. 그런데 지난달 7일, 오월국吳越國의 사신 반상서班尙書가 와서 왕의 조서를 다음과 같이 전했소.

'경이 고려와 더불어 오랫동안 화친을 맺고 이웃나라의 맹서를 다짐했는데, 요즈음 양쪽의 인질이 죽게 되어 마침내 화친했던 옛 호의를 잃어버리고, 서로 국경을 침략하며 싸움을 그치지 않고 있다. 이제 오로지 이 일을 위해서 사신을 경의 나라에 보내고 고려에도 글을 보내니, 마땅히 서로 친목해 길이 아름다움을 도모하라.'

나는 왕을 높이는 의리를 돈독히 하고, 큰 나라를 모시는 정을 깊이 해 왔으므로, 이 깨우침을 듣자 즉시 삼가 받들려 했소. 그러나 족하가 그만두려 하면서도 그러지 못하고, 지쳤으면서도 오히려 싸우려 하니 걱정스럽소. 이

---

* 채찍을~휘둘러 | 진나라의 맹장 조적(祖逖)은 친구 유곤(劉琨)에게 늘 경계를 받았다. 유곤은 조적이 먼저 발탁되어 채찍을 잡지나 않을까 걱정했다고 한다. 이는 곧 '선수를 친다' 는 뜻이다. 한편 수나라 장수 한금호(韓擒虎)는 도끼를 잘 썼다. 그는 어질지 못한 진나라 후주를 쳤다. 이는 곧 '정당한 일을 위해 폭력을 행사한다' 는 뜻.

제 그 조서를 기록해서 부치니, 유의해서 상세히 보기 바라오.

토끼와 사냥개가 둘 다 지치면 마침내 놀림을 받게 되고*, 조개와 황새가 서로 버티다 보면 또한 웃음거리가 될 것*이오.

마땅히 어리석은 짓을 되풀이 해 후회를 자초하지 마시오."

왕건이 견훤에게 보낸 답장

천성 2년(927년) 정월에 태조가 답서를 보냈다.

"오월국 사신 반상서가 전한 조서 한 통을 받고, 아울러 그대가 여러 일을 서술한 긴 글도 받았소. 화려한 수레를 탄 사신이 조서와 편지를 가져와 좋은 소식과 아울러 그대의 가르침을 받았소. 조서를 받들어 감격이 더하긴 했지만, 빛나는 편지를 떼어 보고 어떤 의심을 씻어 내기가 어려웠소. 이제 돌아가는 사신에게 부탁해 문득 괴로운 충정을 피력하겠소.

나는 위로 하늘의 뜻을 받들고 아래로 백성의 추대를 받아, 외람되나마 장수의 권위를 가지고 경륜의 모임에 참여해 왔소. 요즈음 온 나라가 액운을 만나 땅이란 땅은 나쁜 일만 생기고, 많은 백성이 황건적에 붙은데다 논밭도 버린 땅 아닌 곳이 없으므로, 전란의 소요를 풀어 주고 나라의 재앙을 구하기 위해, 먼저 선린善隣의 길을 취하고 화친을 맺었소. 그리하여 수천 리의 농민들이 편안히 생업에 종사하고, 7~8년 동안 군사들도 한가롭게 잠들 수 있었소.

그러다가 지난 해 을유년(926년) 10월에 이르러, 갑자기 일이 생겨나 서로 군사를 일으켜 교전하기에 이르렀소.

그대가 처음에는 상대를 가볍게 여기고 버마재비가 수레바퀴에 버티려는 것 같더니, 마침내 어려움을 깨닫고 물러서는데, 마치 모기가 산을 짊어진 것 같았소. 두 손을 모으며 사과하고 하늘을 가리켜, '오늘부터 영원토록 화친하겠소. 만약 맹세를 어기면 귀신이 반드시 죽일 것이오.' 라고 맹세했소.

나 또한 전쟁을 그치게 하는 무武를 숭상하고, 사람을 죽이지 않는 인仁을 기약해, 마침내 겹친 포위망을 풀어서 지친 군사들을 쉬게 하고, 인질도 사양치 않으면서 오직 백성을 편안케 하려고만 애썼소. 이는 내가 남쪽 사람들에게 큰 덕을 베푼 것이오. 그런데 맹세한 피가 아직 마르기도 전에 흉포한 군사가 다시 일어날 줄이야 어찌 예상이나 했겠소. 벌과 전갈의 독소가 사람들을 해치고, 이리와 호랑이의 미친 짓이 경기 땅을 가로막아, 신라 서울을 곤궁에 몰아넣고 왕실을 놀라게 할 줄이야 어찌 생각이나 했겠소.

의리를 세우고 주周나라를 높이는 일이라면, 저 제齊나라의 환공桓公이나 진晉나라의 문공文公의 패업에 맞설 수 있는 사람이 누구겠소? 기회를 타서 한나라를 말아먹으려는 왕망*이나 동탁*같이 간악한 자만 보았을 뿐이오.

심지어 지극히 고귀한 신라의 왕이 그대에게 굽혀 자子라고 부르게 했으니, 위아래가 차례를 잃자 모든 사람이 다같이 걱정했소. '만약 원보元輔(왕건)의 충성이 아니었으면 어찌 다시 사직을 안정시킬 수 있었겠나' 고들 하고 있소.

신라의 왕은 내 마음속에 흉계가 없고 다만 왕실을 높일 뜻만 있는 것을 알고서, 나를 조정에 머물게 하여 위급함을 이겨 내려 했소. 그러나 그대는 털끝같이 작은 이익을 보고 천지같이 두터운 은혜를 잊었소. 임금을 죽이고 궁궐을 불태웠으며, 대신들을 젓 담듯 죽이고 선비와 백성을 무참히 없앴소. 아름다운 왕비와 후궁들을 붙잡아 수레에 태우고, 진기한 부물들을 강

---

* 토끼와~되고 | 전국시대 제(齊)나라가 위(魏)나라를 치려할 때, 순우곤(淳于髡)이 만류하면서 비유한 말.
* 조개와~것 | 전국시대 조(趙)나라의 소대(蘇代)가, 조나라와 연(燕)나라의 갈등이 진(秦)나라에게 유리할 것이라고 하면서 비유한 말.
* 왕망(王莽) | 전한(前漢)을 무너뜨리고 신(新)나라를 세운 사람.
* 동탁(董卓) | 후한(後漢)의 군인으로 황제를 마음대로 폐위하는 등 권력을 함부로 휘두름.

탈해 싣고 돌아갔지요. 포악함은 걸桀이나 주紂보다 더하고, 어질지 못함은 어미를 잡아먹는 짐승 효梟나 경獍보다도 심했소.

나의 원한은 신라의 왕이 돌아가시자 극에 달했소. 나는 해를 돌이킨 정성*으로 매가 참새를 쫓듯이 달려갔으며, 개와 말 같은 충성을 펼쳐 다시 군사를 일으킨 지 두 해가 되었소. 육지에서 싸울 때엔 우레같이 내닫고 번개같이 빨랐으며, 바다에서 싸울 때엔 범같이 치고 용같이 뛰어올랐기에 움직이면 반드시 성공했고 일어서면 헛됨이 없었소.

윤경尹卿을 바닷가에서 쫓을 때에는 노획한 갑옷이 산더미처럼 쌓였고, 추조雛造를 성 언저리에서 사로잡을 때에는 죽어 넘어진 시체가 들판을 덮었소. 연산군 변두리에서는 길환吉奐을 군대 앞에서 목 베었고, 마리성에서는 수오隨晤를 깃발 아래에서 죽였소. 임존성을 함락시키던 날에는 형적刑積 등 수백 명이 목숨을 잃었고, 청천현을 깨뜨릴 때에는 직심直心 등 너덧 명이 머리를 바쳤소. 동수桐藪에서는 깃발만 바라보고도 흩어졌고, 경산은 구슬을 머금고 투항했소. 강주는 남쪽에서 달려오고, 나부羅府는 서쪽에서 귀속해 왔소.

내 공격이 이와 같으니 수복이 어찌 멀겠소? 반드시 저수低水의 진중에서 장이張耳가 쌓인 한*을 씻을 것이요, 오강烏江 언덕에서 한나라 왕이 한 번 이기려는 마음*을 이루리라. 마침내 풍파가 그치고 강산이 길이 맑도록 하고야 말겠소. 하늘이 도우시면 그 명이 어디로 돌아가리오. 하물며 오월왕 전하의 명을 받지 않았는가? 덕이 흡족해 먼 지방까지 포용하고, 그 어진 마음이 깊어 어린 백성까지도 사랑하셨으므로, 특별히 대궐에서 조칙을 내려 이 나라에서 어지러움을 그쳐라 하셨으니, 어찌 그 가르침을 받지 않겠소.

만약 족하가 오월왕의 뜻을 받들어 흉악한 병기를 모두 놓으면, 그것은 위나라의 어진 은혜에 부합하는 일일 뿐만 아니라, 동방의 끊어진 실마리를 이을 수도 있을 것이오. 그러나 허물을 알고도 고치지 않으면, 그때 가서 후회해도 어쩔 수가 없을 것이오."

견훤과 왕건의 이어지는 싸움

여름 5월, 견훤이 갑작스럽게 군사를 보내 강주를 습격하여 300여 명을 살해하자, 장군 유문이 견훤에게 항복하였다.

가을 8월, 견훤이 장군 관흔을 시켜 양산성을 쌓게 하였는데, 태조가 명지성 장군 왕충을 시켜 이를 공격하게 하니, 관흔은 물러가 대야성을 수비하였다.

겨울 11월, 견훤이 강한 군사를 선발하여 부곡성을 함락시키고, 수비군 1,000여 명을 죽이자, 장군 양지와 명식 등이 항복하였다.

4년(929년) 가을 7월, 견훤이 갑병 5,000명을 거느리고 의성부를 공격하였는데, 성주였던 장군 홍술이 이 싸움에서 전사하였다. 태조가 슬프게 울면서 말했다.

"내가 두 팔을 잃었다."

견훤이 대병을 동원하여, 고창군의 증산 밑에 주둔하여 태조와 싸웠으나 승리하지 못하고, 전사자가 8,000여 명에 달하였다. 다음 날 견훤이 패잔병을 모아 순주성을 습격하여 격파하였다. 장군 원봉이 이를 방어하지 못한 채 성을 버리고 밤에 도주하였다. 견훤은 백성을 사로잡아 전주로 이주시켰다. 태조가 예전의 공로를 참작하여 원봉을 용서하고, 순주의 이름을 하지현으로 고쳤다.

* 해를 돌이킨 정성 | 노나라 양공의 고사. 양공이 전쟁할 때에 시간을 벌려고 창을 휘둘러 해를 뒤로 돌렸다고 한다.
* 장이가 쌓인 한 | 조(趙)나라 출신 장이가 버림을 받아, 한나라 한신(韓信) 밑으로 가서 조나라를 격파하는 일을 도움.
* 오강~마음 | 유방(劉邦)이 항우(項羽)를 쳐부수고 마지막으로 승리한 싸움.

장흥長興 3년(932년)이었다. 견훤의 신하 공직龔直은 용맹스럽고도 지략이 있었다. 그가 태조에게 와서 항복하자, 견훤은 그의 두 아들과 딸 하나를 잡아다 불로 지져 다리의 힘줄을 끊어 버렸다. 그해 가을 9월에 견훤이 일길一吉을 보내, 수군을 거느리고 고려 예성강에 들어가 사흘 동안 머물면서, 염주鹽州·백주白州·진주眞州 세 고을의 배 100척을 불태우고, 저산도에 있는 목마 300필을 빼앗아 돌아갔다.

청태淸泰 원년은 갑오년(934년)이다. 견훤은 태조가 운주運州에 군사를 주둔시켰다는 말을 듣고, 갑옷 입은 무사를 뽑아 새벽에 밥을 먹여 떠나게 했다. 그러나 진중에 도착하기도 전에 장군 검필黔弼이 날쌘 기병을 거느리고 습격해 3,000여 명을 목 베고 사로잡자, 웅진 북쪽 30여 개 성이 이 소문을 듣고 저절로 항복했다. 견훤의 부하인 술사 종훈宗訓과 의원 지겸之謙, 용장 상봉尙逢, 작필雀弼 등도 태조에게 항복했다.

아들들에게 쫓겨나 금산사에 갇힌 견훤

견훤은 부인들이 많아 아들이 열댓 명이나 있었다. 그 중 넷째 아들 금강金剛이 키가 크고 지략이 많아, 견훤은 그를 특별히 사랑해 왕위를 물려주려고 했다. 그러자 그의 형 신검·양검·용검이 이를 알고 걱정했다. 그때 양검은 강주도독으로, 용검은 무주도독으로 가 있었고, 신검만이 견훤의 곁에 있었다.

이찬 능환能奐이 사람을 시켜 강주와 무주 두 고을에 가서 양검 등과 모의했다. 청태 2년은 을미년(935년)인데, 봄 3월에 영순英順 등과 함께 신검을 꼬드겨 견훤을 금산사 불당에 가두고, 사람을 보내 금강을 죽였다. 신검은 대왕이라고 자칭하면서 나라 안에 대사면령을 내렸다.

그 교서는 다음과 같았다.

"(한나라) 여의*가 특별히 총애를 받았지만 혜제*가 임금이 되었고, (당나라)

건성*이 외람되게 태자의 자리에 있었으나 태종이 일어나 제위에 올랐다. 천명은 바뀌는 법이 없고, 왕위는 정해진 데로 돌아가게 되어 있는 것이다.

대왕의 신통한 무위는 출중하였고, 영명한 지혜는 만고에 으뜸이라 생각한다. 말세에 태어나서 세상을 구하려는 책임을 스스로 떠맡고, 삼한을 다니며 백제를 회복하였으며, 도탄의 괴로움을 깨끗이 씻어 주어, 백성이 편안히 살게 되었다. 그가 바람과 우뢰처럼 떠다니니, 다니는 곳마다 원근에서 그에게 달려왔으며, 이로 말미암아 왕업의 중흥을 눈앞에 두게 되었다.

그러나 갑자기 지혜가 한 번 잘못되어, 어린 아들이 사랑을 독차지하고, 간신이 권세를 농락하였다. 그들은 임금을 진나라의 혜공처럼 우매하게 하

---

* 여의(如意) ǀ 한나라 고조의 넷째 아들 조은왕(趙隱王). 이복동생 영(盈)이 혜제(惠帝)가 된 후, 혜제의 어머니 여후(呂后)에게 독살 당함.
* 혜제(惠帝) ǀ 259~306년. 진(晉)을 세운 무제의 다섯째 아들. 나라 안팎으로 어려움이 많고, 어지럽기 짝이 없었음.
* 건성(建成) ǀ 당나라 고조의 큰아들이며, 태종 이세민의 형.

였으며, 어진 아버지를 헌공*처럼 미혹한 길로 빠지게 하여, 철모르는 아이에게 왕위를 잇게 하였다. 다행히 하늘이 내린 충정으로 군자(견훤)께서 허물을 바로잡고, 장자인 나에게 이 나라를 맡기셨다.

돌이켜 보면 나는 태자의 자질도 갖추지 못했으니, 어찌 임금이 될 지혜가 있겠는가? 따라서 조심하고 두려워하며, 연못의 얼음을 밟는 것같이 행동하고 있다.

맏아들로서 왕위에 오른 특별한 은혜를 마땅히 백성에게도 베풀어 혁신된 정치를 해야 할 것이므로, 국내의 죄수들에게 대사면령을 내린다. 청태 2년(935년) 10월 17일 동트기 전을 기준으로, 이미 발각되었거나 발각되지 않았거나, 이미 결정되었거나 혹은 결정되지 않은 사안을 막론하고, 사형 이하의 죄는 모두 사하여 면제한다. 주관자가 이를 시행하라."

금산사에서 달아나 왕건에게 가다

견훤은 금산에서 석 달 동안 있었다. 6월이 되자 그는 막내아들 능예, 딸 쇠복, 첩 고비 등과 함께 금성으로 도망하여, 사람을 태조에게 보내 만나 주기를 요청하였다.

태조는 소원보 향예香乂·오염吳琰·충질忠質 등에게 바닷길로 가서 견훤을 맞이하도록 하였다. 견훤이 도착하자, 자기보다 10년이 위라고 해서, 그를 높여 상보尙父라 하고 남궁에 모셨다. 양주의 식읍, 전장과 노비 40명, 말 9필을 주었다.

견훤의 사위인 장군 영규英規가 넌지시 아내에게 말했다.

"대왕께서 40년 동안 부지런히 애써 공업을 이뤘다가 하루아침에 집안사람이 망치는 바람에 땅을 잃고 고려를 따르게 되었소. 대체로 깨끗한 여자는 두 지아비를 모시지 않고, 충신은 두 임금을 섬기지 않는 법이오. 만약 내가 임금을 버리고 반역한 아들을 섬긴다면, 무엇으로 천하의 의로운 선비를 보겠소? 더구나 내가 듣기로 고려의 왕공王公은 어질고 검소해서 민심을 얻었다고 하니, 이는 하늘이 열어 준 것이라 반드시 삼한의 임금이 될 것이오. 그러니 내 어찌 글을 올려 우리 왕을 위안하고, 아울러 왕공에게도 은근한 정을 보내, 뒷날의 행복을 도모하지 않겠소?"

"당신의 말씀이 내 뜻입니다."

그래서 천복天福 원년은 병신년(936년)인데, 2월에 사람을 보내 태조에게 자기의 뜻을 말했다.

"왕께서 의로운 깃발을 드신다면, 제가 안에서 호응해 왕의 군사를 맞아들이겠습니다."

태조는 기뻤다.

"만약 은혜를 입어 하나로 합쳐지고 길이 막히지 않는다면, 먼저 장군을 만나 뵌 뒤에 마루에 올라 부인께 절하며, 형님으로 섬기고 누이로 높이겠습니다. 반드시 끝까지 후하게 갚겠습니다. 천지 귀신도 모두 이 말을 들을 것입니다."

심부름 온 사람에게 예물을 주어 보내고 영규에게 고마워했다.

6월에 견훤이 태조에게 말했다.

"노신이 전하에게 몸을 맡긴 것은, 전하의 위엄에 기대어 반역한 자식을 죽이려고 했기 때문입니다. 엎드려 바라건대, 신병神兵을 빌려 못된 적을 섬멸하신다면, 신은 비록 죽어도 유감이 없겠습니다."

이 말을 듣고 태조는 먼저 태자 무武와 장군 술희述希를 보내, 보병과 기병

---

* 헌공(獻公) | 춘추시대 진나라의 제후. 여러 부인에게서 아들을 얻었는데, 서로 죽이고 죽임을 당하는 등, 나라가 극도로 어지러움.

10만 명을 거느리고 천안부로 달려가게 하였다.

최후의 승리자 왕건

가을 9월에 태조가 3군을 거느리고 천안에 이르러 군사를 합해 일선一善까지 나아갔는데, 신검이 군사를 이끌고 막아섰다.

갑오일에 일리천을 사이에 두고 서로 맞섰다.

태조의 군사는 동북방을 등지고 서남방을 향해 진을 쳤다. 태조가 견훤과 함께 싸움을 보는데, 갑자기 칼과 창처럼 생긴 흰 구름이 태조의 진영에서 일어나 적진을 향해 갔다. 곧 북을 울리며 진격하였다. 백제 장군 효봉孝奉·덕술德述·애술哀述·명길明吉 등이 이쪽 편의 군세가 크고도 정돈된 것을 보고, 병기를 버리며 진 앞에 나와 항복했다. 태조가 위로하면서 말했다.

"장수가 어디 있느냐?"

"원수 신검은 중군에 있습니다."

효봉 등이 대답했다. 태조가 장군 공훤公萱 등에게 명령해서, 삼군이 함께 전진하며 양쪽에서 공격하게 했다. 백제군은 패해서 달아났다. 황산과 탄현에 이르자 신검이 두 아우 및 부달富達·능환 등 40여 명과 함께 항복했다. 태조는 그들의 항복을 받아들였다.

다른 사람들은 모두 위로하며 처자와 함께 서울로 올라오도록 허락하였지만, 능환만은 문책을 하였다.

"처음 양검 등과 남몰래 모의해서 왕을 가두고 그 아들을 세운 것은 네 꾀다. 신하된 도리로 마땅히 이래야 한단 말이냐."

능환은 고개를 숙이고 말을 하지 못했다. 태조는 곧 목을 베라고 명령했다. 신검이 분수에 어긋나서 왕위를 빼앗은 것은 남에게 협박을 받았기 때문이지 자기의 본심이 아니었으며, 또 목숨을 바쳐 사죄했으므로 특별히 그

목숨을 살려 주었다.

　견훤이 울화가 나 등창이 생겼다. 며칠 뒤 황산 절간에서 세상을 떠나니, 9월 8일이었고 나이는 78세였다.

　태조는 군령이 엄정하고 공명해서, 군사들이 추호도 범하는 일이 없었다. 그래서 지방의 주와 현들이 안심하고, 늙은이나 젊은이 할 것 없이 모두 만세를 불렀다. 영규에게 다음과 같이 말했다.

　"전왕이 나라를 잃은 뒤에, 신하 가운데 한 사람도 위로하는 자가 없었소. 오직 그대 부부가 천 리 길에 글을 보내 성의를 표하고, 아울러 그 아름다운 명예를 과인에게 돌렸으니, 그 의리를 잊을 수 없소."

　그에게 좌승左承 벼슬과 밭 1,000경頃을 내리고, 역마 35필을 빌려 가족들을 맞아 오게 했으며, 그의 두 아들에게도 벼슬을 내렸다.

　견훤이 당나라 경복 원년(892년)에 일어나 진나라 천복 원년(936년)까지 이르렀으니, 모두 45년간 다스렸다. 병신년에 멸망하였다.

　따져 보면 이렇다.

　신라의 운명이 다하고 올바른 도리를 잃어, 하늘이 돕지 않고 백성도 따르지 않았다. 그러자 뭇 도적이 틈을 타서 마치 고슴도치 털처럼 일어났는데, 그 중 가장 강한 자가 궁예와 견훤 두 사람이었다.

　궁예는 본디 신라의 왕자였는데도, 도리어 제나라를 원수로 삼아 심지어 조상의 초상화마저 베어 버리게 했으니, 그 어질지 못함이 아주 심했다. 견훤 또한 신라의 백성으로 태어나 신라의 국록을 먹으면서, 발칙한 마음을 품고 나라의 위태함을 다행으로 여겨, 도읍을 침략하고 임금과 신하들을 마치 새나 짐승 죽이듯 했으니, 참으로 천하에서도 가장 악한 자였다.

　그러므로 궁예는 자기 신하에게 버림을 받았고, 견훤은 자기 자식에게서 재앙을 입었다. 모두 스스로 취한 것이니 또 누구를 탓하랴.

항우나 이밀*같이 뛰어난 재주를 가진 자도 한나라와 당나라가 일어나는 것을 막지 못했다. 하물며 궁예나 견훤같이 흉악한 자가 어찌 우리 태조에게 대항할 수 있겠는가?

그들은 다만 태조에게 백성을 모아 주는 역할을 했을 뿐이었다.

* 이밀(李密) | 582~618년. 수나라 말기의 장군. 새로 선 당나라에 귀순했다가 다시 반란을 일으켜 죽임을 당함.

작품 해설 | 고운기

시대를 증언하는 사람들의 생애 — 『삼국사기』의 「열전」에 대하여

『삼국사기三國史記』는 고려시대 중엽 곧 12세기에 만들어진 신라-백제-고구려의 역사서이다. 좀더 정확히 말하자면, 이 세 나라와, 세 나라를 통합한 다음의 신라 역사를 담는다.

이미 삼국시대에도 자기의 역사를 적은 책이나 여러 기록이 있었을 것으로 보이지만, 본격적인 역사서로서 사실상 처음이요, 오늘날까지 남아 있기로 가장 오래된 것이다. 우선 그 점만으로도 이 책의 가치는 크다.

한편 『삼국사기』는 정연한 체제에다 적는 이의 일정한 관점이 유지되는 역사관, 그리고 완벽하게 소화해 낸 한문 문장 실력까지 모든 면에서 두루 갖추어진 역사서이다.

거기에 한계가 있다면 시대적인 탓이다. 흔히 이 책을 지은 사람들의 사대주의적 역사관을 문제 삼지만, 역사서는 민감하게 시대를 반영하고, 반영했다는 점만으로 차라리 제 소임을 다했다고 할 수 있다. 도리어 오늘날『삼국사기』에 대한 불만이나 비판은 다소 편의적인 데가 있다. 지금의 관점에서, 혹은 결과론적으로 이해하고 평가하기 때문이다.

그렇다면 『삼국사기』는 어떤 책이고 어떻게 받아들여야 하는가? 여기서 먼저 이 글을 통해, 이 책을 이해하기 위한 개략적인 정보를 제공하고, 특히 「열전列傳」이 지니는 의의와 가치를 설명하고자 한다.

김부식은 어떤 사람인가

일반적으로 『삼국사기』의 지은이를 김부식金富軾이라 말한다. 그러나 엄밀히 하자면 『삼국사기』는 김부식을 중심으로 한 관리들이 만든 책이다. 그가 책임자로 있으면서 중심적인 역할을 했으므로 편의상 지은이라 하는 것이다.

김부식은 1075년(문종 29년)에 태어나 1151년(의종 5년)에 세상을 마친 고려 중기의 유학자·역사가·정치가였다.

신라가 망할 무렵 그의 증조부인 위영魏英은 고려 태조에게 귀의해 경주 지방의 행정을 담당하는 주장州長에 임명되었다. 그 뒤 김부식 사 형제가 중앙 관료로 진출할 때까지의 생활 기반은 경주에 있었다.

그의 가문이 중앙 정계에 진출하기 시작한 것은 아버지 근覲 때부터였으나 젊은 나이에 세상을 떴다. 그래서 김부식은 어려서부터 편모의 슬하에서 자랐다. 그럼에도 그를 포함한 사 형제는 모두 문장에 뛰어나고 박학하여, 과거에 합격하고 중앙 정계에서 벼슬을 하였다.

김부식이 관계에 진출한 것은 그의 나이 스물두 살 때, 곧 1096년(숙종 1년)이었는데, 그로부터 20여 년 동안 주로 학문적인 업무를 담당하는 자리에 있으면서 세상을 보는 눈의 폭과 깊이를 더해 나갔다. 이 같은 김부식의 학문이 빛을 낸 것은 1116년(예종 11년) 7월에 송나라에 사신으로 가서였다. 여섯 달 동안 머물며 송나라 휘종의 융숭한 대접을 받았고, 돌아오면서 사마광司馬光의 『자치통감資治通鑑』 한 질을 받아 가지고 왔는데, 이는 그가 나중에 『삼국사기』를 편찬하는 데 중요한 계기가 되었다.

그런 그에게 최대의 정치적인 난관은 묘청妙淸의 난 때 닥쳐왔다.

묘청의 난이란 무엇인가. 1126년(인종 4년), 이자겸의 난으로 개경(개성)의 궁궐이 불에 타자, 묘청은 무리를 모아 '서경천도론'을 주장하고, 서경(평양)에 궁궐을 새로 지어 왕이 자주 행차하게 하였다. 그러나 개경 유신들의 반대는 극에 달했다. 급기야 묘청은 1135년(인종 13년) 1월, 서경에서 난을 일으켰다.

이때 김부식은 원수元帥로 임명되어 직접 중군을 거느리고 삼군三軍을 지휘 통솔해 그 진압을 담당하였다.

반란군의 진압은 그다지 쉽게 이루어지지 않았다. 김부식은 먼저 개경에 있던 묘청의 동조세력인 정지상鄭知常·김안金安·백수한白壽翰 등의 목을 베었다. 특히 정지상을 죽인 것을 두고 세상에서는 말이 많았다. 그가 자신보다 문장을 더 잘하였으므로 이를 시기하여 일부러 죽였다는 것이었다. 그러나 묘청의 내부에서 분란이 일어나 쉽게 진압하는가 했는데, 반란군의 처분을 놓고 다시 개경의 유신들 사이에도 분란이 생겨, 1년 2개월 만에 반란군을 겨우 진압할 수 있었다.

이 같은 공적을 바탕으로 김부식은 승승장구하게 된다. 수충정난정국공신輸忠定難靖國功臣에 책봉되고, 검교태보 수태위 문하시중 판이부사檢校太保

守太尉門下侍中判吏部事에 승진되었다. 그뿐만 아니라 감수국사 상주국 태자 태보監修國事上柱國太子太保의 자리도 겸하게 되었다. 모두 왕 아래에서 국사를 결정하는 핵심적인 위치였다.

김부식이 『삼국사기』를 편찬하기로 한 것은 관직에서 물러난 다음이었다. 왕은 그를 도와줄 여덟 사람의 젊은 관료를 보내 주기도 했다.

그러나 그의 일생이 끝내 순탄하지만은 않았다. 정치적으로 높은 자리에 오를수록 정적은 생겨났고, 그들과의 끊임없는 투쟁이 이어졌다. 관직에서 물러난 것도 반대파의 거센 압력에 밀린 듯한 느낌마저 들게 한다. 그러나 유교주의의 대의명분으로 끊임없이 자신의 정치적 이상을 실현해 보려했다는 점에서, 그는 전형적인 중세의 유교적 합리주의자였다. 그런 그가 편찬한 『삼국사기』도 그 같은 이상을 실현하거나 거울로 삼자는 데 다름 아니었다.

김부식은 인간의 운명적 생애에다 자신을 대입시켜 가며 역사의 흐름을 보았다. 그것이 『삼국사기』의 큰 줄거리였다.

그에게 내려진 시호는 문열文烈이었다. 문집은 20여 권이 되었으나 이제는 전하지 않으며, 많은 글이 『동문수東文粹』와 『동문선東文選』에 실려 있는데, 오늘날 학자들은 그것만으로도 그를 우리나라 문장가의 대가라 하는 데 주저하지 않는다. 송나라 사람 서긍徐兢은 『고려도경高麗圖經』에서 김부식을 이렇게 평하였다.

"박학강식博學强識해 글을 잘 짓고, 고금을 잘 알아 학사의 신복을 받으니, 그보다 위에 설 수 있는 사람이 없다."

『삼국사기』는 어떤 책인가

오늘날 우리가 보는 『삼국사기』를 서지 사항으로 가장 간략하게 정의하자면, "1145년(인종 23년) 경에, 김부식 등이 고려 인종의 명을 받아 편찬한 삼국시대의 정사"라고 할 수 있다. 여기에는 「본기本紀」 28권, 「지志」 9권, 「표表」 3권, 「열전列傳」 10권이 들어가 있다.

이 같은 체재는 사마천司馬遷의 『사기史記』를 그대로 본뜬 것이라 할 수 있는데, 그 중 「본기」와 「열전」이 중심을 이루므로, 줄여서 기전체紀傳體라 한다.

앞서 말한 대로, 이 책은 왕의 명령에 따라 김부식이 주도하였다. 곧 최산보崔山甫·이온문李溫文·허홍재許洪材·서안정徐安貞·박동계朴東桂·이황중李黃中·최우보崔祐甫·김영온金永溫 8인의 참고參考와 김충효金忠孝·정습명鄭襲明 2인의 관구管句 이렇게 11인의 편수관을 이끌었던 것이다. 그래서 『삼국사기』를 관찬사서官撰史書라고도 한다.

이때 책임 편찬자인 김부식은 각 부분의 머리말, 논찬論贊, 사료의 취사선택, 편목의 작성, 인물의 평가 등을 직접 담당했던 것으로 보인다.

『삼국사기』를 평가하는 관점은 다음과 같이 일목요연하게 정리되어 있다.

국사 편찬은 왕권 강화의 기념적 사업인 동시에, 당시의 정치·문화 수준을 반영하는 것이다. 따라서 『삼국사기』의 편찬도 이 책이 만들어진 12세기 전반의 정치 상황 위에서 이해하여야 할 것이다.
   이때는 이미 고려 건국 후 200여 년이 흘렀고, 고려의 문벌귀족문화가 절정기에 이르렀으며, 유교와 불교문화가 융합됨으로써 고려왕조가 안정을 구가하던 시기였다. 이러한 과정에서 자기 역사의 확인 작업으로 전 시대의 역사를 정리할 필요성이 대두되었다.

- 『한국민족문화대백과사전』

   그러나 『삼국사기』 편찬의 보다 직접적인 목적은 다름 아닌 김부식이 쓴 글에서 잘 나타난다. 왕에게 올리는 표문表文이 그것이다.
   김부식은 이 글에서, 우리나라의 식자층들조차도 우리 역사를 모르고 있다는 사실을 개탄하면서, 첫째 중국 문헌들은 우리나라 역사를 지나치게 간략하게 기록하고 있으니 우리 것을 자세히 써야 한다는 것, 둘째 현존의 여러 역사서의 내용이 빈약하기 때문에 다시 서술해야겠다는 것, 셋째 왕·신하·백성의 잘잘못을 가려 행동 규범을 드러냄으로써 후세에 교훈을 삼고자 한다고 했다.
   우리는 이것이 12세기의 상황 아래에서 그때의 지식인이 갖출 수 있는 최상의 민족주의였다고 본다.

이 책의 내용을 이루는 「본기」·「지」·「표」·「열전」에 대해 좀더 자세히 알아보자.

첫째, 「본기」다. 『삼국사기』에서 가장 큰 비중을 차지하는 부분이다. 모두 28권 중 신라 12권(통일신라 7권 포함), 고구려 10권, 그리고 백제 6권으로 구성되어 있어, 외형상으로는 신라에 편중되어 있지 않다. 날짜별로 그날그날 일어난 사건을 기록하였다.

둘째, 「지」다. 본문에서는 잡지雜志라 하였다. 1권은 제사와 음악, 2권은 옷, 그릇, 차량, 집, 3~6권은 지리지다. 그리고 7~9권은 조직과 벼슬에 대해 정리했다. 일종의 자료편이라 할 수 있는데, 전체적으로 신라 제도의 해설에 치중하였고, 특히 지리지에 가장 큰 비중을 두고 있다.

셋째, 「표」이다. 박혁거세 즉위년(기원전 57년)부터 경순왕 9년(935년)까지를 연표 3권으로 나누고 있다.

넷째, 「열전」이다. 모두 10권으로 이루어져 있는데, 일반적인 기전체 역사서에 비해 빈약한 편이다. 인물 기준을 항목별로 만들어 자세히 하거나 여성 부분 곧 왕후·공주 열전도 없다. 특히 10권 가운데 김유신金庾信 한 사람이 3권을 차지하며, 나머지 68인의 열전을 7권에 포함시키고 있다. 특히 7세기 곧 통일 전쟁기에 활약한 인물이 34인, 나라를 위하여 죽은 사람이 21인이나 되어, 위국충절爲國忠節을 중요시했음을 알 수 있다.

열전의 가치와 의미

기전체 역사서의 경우, 열전 부분은 특별한 관심의 대상이 된다. 본기가 단순한 사건의 나열이라면, 열전은 한 인물을 축에 놓고 중요한 사건이 기승전결의 일정한 서사적 맥락을 이루며 구성되므로, 편찬자의 역사관이 잘 드러날 뿐만 아니라, 그로 인해 거울로서 역사서의 역할을 충분히 발휘할 수 있기 때문이다. 이는 한 편의 문학적 가치마저 지닌다.

『삼국사기』「열전」의 주인공은 김유신이라 해도 좋을 만큼 그가 차지하는 분량은 압도적이다. 10권의 열전 중 3권이나 차지하기에 하는 말이다. 그만큼 김부식의 역사적 관점에서 김유신의 생애야말로 자신이 가지고 있는 시대정신에 가장 부합하는 인물이라 생각했던 듯하다. 선조와 후손의 업적까지 강조하고 있다.

한편 4권은 을지문덕乙支文德·거칠부居漆夫·이사부異斯夫·김인문金仁問·김양金陽·흑치상지黑齒常之·장보고張保皐·사다함斯多含의 전기이고, 5권은 을파소乙巴素·후직后稷·밀우密友·박제상朴堤上·귀산貴山·온달溫達 등의 전기다. 여기서 특히 온달전이 문학적으로 가장 뛰어나다는 평가를 받는다. 6권은 강수强首·최치원·설총薛聰·김대문 등 학자의 열전이다. 최치원의 '마한고구려설'이나 백제의 해외 진출에 대한 견해가 독특하다. 7권은 해론奚論·관창官昌·계백階伯 등 19인의 전기다. 여기에서는 찬덕讚德과 해론, 심나沈那와 소나素那, 반굴盤屈과 영윤令胤, 비녕자조寧子와 거진舉眞같이 아버지와 아들이 함께 전장에서 순국한 충의열사의 기록이 중심이 된다.

8권은 향덕向德·성각聖覺·김생金生·솔거率居·도미都彌 등 11인의 전기다. 특히 효·충의·기예·열녀·효녀 등의 생애를 적고 있다. 9권은 창조리創助利와 연개소문淵蓋蘇文의 열전으로, 왕을 죽인 반역자의 기록이다. 10권은 궁예弓裔와 견훤甄萱의 열전으로, 나라를 망친 역신의 기록이다.

앞서 밝힌 대로 분량으로나 체계적인 구성 면에서 『삼국사기』의 「열전」이 빈약한 것은 사실이다. 그러나 열전이 가지는 역사서에서의 가치가 잘 구현되어, 질적인 면에서 본다면 결코 빠지지 않는다. 오히려 김부식의 완숙한 한문 문장 실력이 유감없이 발휘되어 있다는 점에 주목해야 한다. 우리 민족이 중국으로부터 한문을 수입하여 쓰기 시작한 다음, 그것을 완벽하게 소화하고, 마치 자신의 글인 것처럼 부릴 수 있게 되었음을 증명하는 사건이 바로 『삼국사기』 그 가운데서도 「열전」의 편찬이라 말해 지나치지 않다.

당대 세계는 곧 중국이었다. 그리고 12세기 고려 사회는, 김부식이라는 이름으로 상징되는, 세계에서 통하는 학자를 배출해 내기 시작했다.

그러므로 오늘날 우리가 『삼국사기』의 「열전」을 읽는 것은, 우리의 역사를 한 인간의 삶과 함께 보는 것이면서, 당대 세계와 호흡을 같이 하던 우리 문화의 정수를 맛보는 것이기도 하다.